ANTON LEISS-HUBER

Gevatter Tod
in Altötting

Kriminalroman

GMEINER

Jede Ähnlichkeit mit tatsächlichen Begebenheiten aus meinem Lebenslauf und mit tatsächlich lebenden Menschen, Geschehnissen und Institutionen um mich herum ist rein zufällig.

Immer informiert

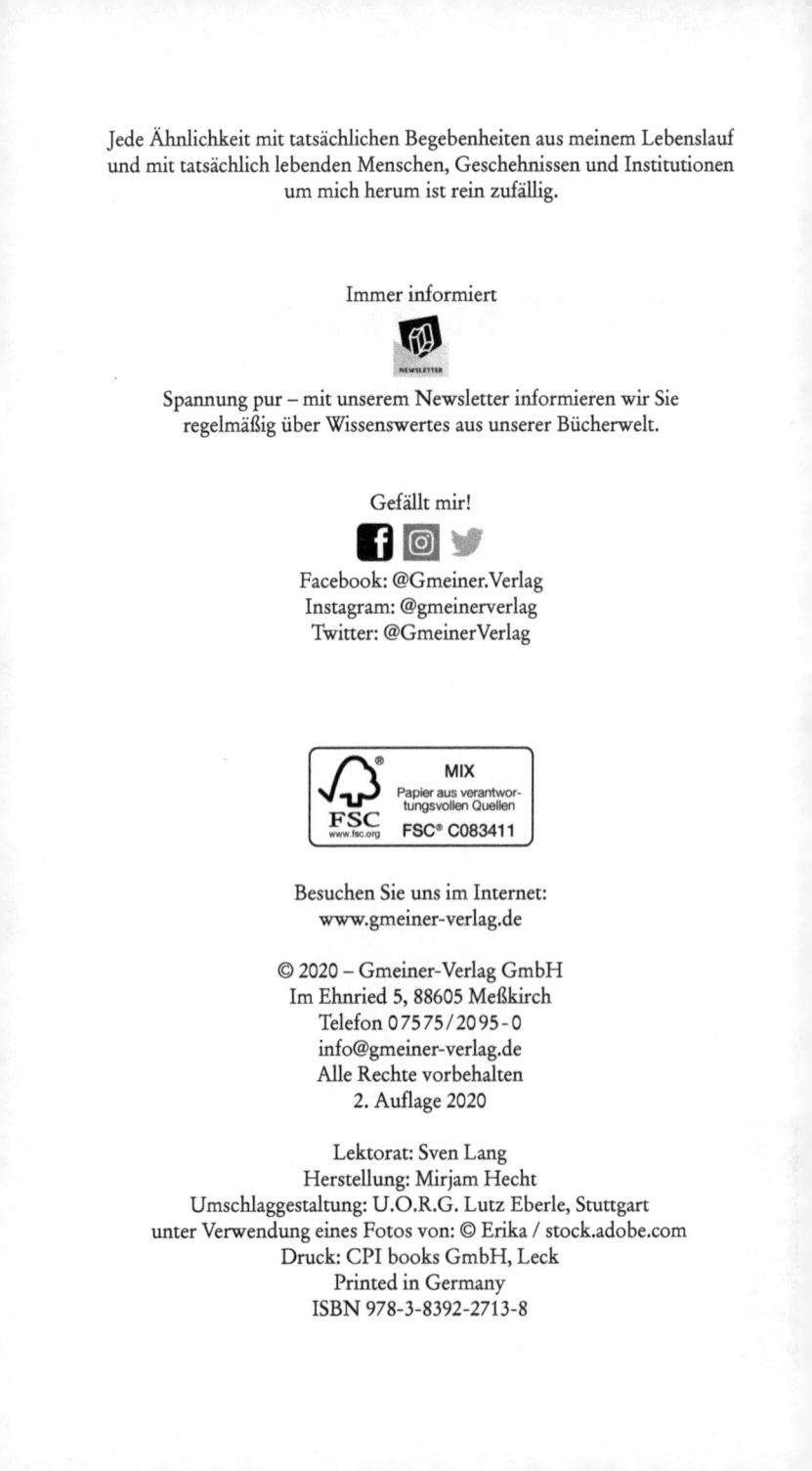

Spannung pur – mit unserem Newsletter informieren wir Sie regelmäßig über Wissenswertes aus unserer Bücherwelt.

Gefällt mir!

Facebook: @Gmeiner.Verlag
Instagram: @gmeinerverlag
Twitter: @GmeinerVerlag

MIX
Papier aus verantwor-
tungsvollen Quellen
FSC
www.fsc.org
FSC® C083411

Besuchen Sie uns im Internet:
www.gmeiner-verlag.de

© 2020 – Gmeiner-Verlag GmbH
Im Ehnried 5, 88605 Meßkirch
Telefon 07575/2095-0
info@gmeiner-verlag.de
Alle Rechte vorbehalten
2. Auflage 2020

Lektorat: Sven Lang
Herstellung: Mirjam Hecht
Umschlaggestaltung: U.O.R.G. Lutz Eberle, Stuttgart
unter Verwendung eines Fotos von: © Erika / stock.adobe.com
Druck: CPI books GmbH, Leck
Printed in Germany
ISBN 978-3-8392-2713-8

ANTON LEISS-HUBER

Gevatter Tod in Altötting

TÖDLICHE PROBELEICH In Altötting wird Frömmigkeit noch groß-geschrieben. Zumindest außerhalb der eigenen vier Wände. Der ortsansässige Tierarzt Dr. Spögler feiert mit seinem Stammtisch in einem Brauereigasthof eine »Probeleich«. Das vor Jahren angelegte Geld für die Trauerfeiern der einzelnen Mitglieder hat inzwischen so viel Ertrag abgeworfen, dass es für ein Abendessen zu Lebzeiten aller Beteiligten reicht. Am nächsten Morgen liegt der Tierarzt tot vor der Brauerei. Todesursache war ein Bolzen aus seinem eigenen Schlachtschussapparat. Spögler hatte ihn mitgebracht, um den Abend etwas aufzulockern und etwas Spaß zu haben. Die hinzugerufenen Polizeibeamten Max Kramer und sein Kollege Fritz Fäustl nehmen die Ermittlungen auf. Zu den Verdächtigen zählen alle Gäste des Brauerei-gasthofes: der Stadtpfarrer, eine Haushälterin, ein Banker, der Bürgermeister und die Landrätin. Max' zur Seite eilt wieder einmal seine Jugendliebe, die spätberufene Novizin Maria Evita. Doch Vorsicht: Alte Liebe rostet nicht!

© Thomas Stimmel

Anton Leiss-Huber wurde im oberbayerischen Altötting ge-boren. Er ist studierter Opernsänger und Schauspieler. Einem breiten Publikum wurde er in den letzten Jahren vor allem durch seine Auftritte im deutschen Fernsehen bekannt. Man kennt ihn aus der Musiksendung des BR Fernsehens »Brettl-Spitzen«, der bayerischen Kultserie »Im Schleudergang« oder der Radio-Sendung »Schmankerl« auf BR-Heimat. »Gevat-ter Tod in Altötting« ist sein neuer Kriminalroman um den jungen Oberkommissar Max Kramer und seine Jugendliebe die Novizin Maria Evita.

»Du machst keinen Unterschied und holst den Reichen wie den Armen.«

Der Gevatter Tod.
Kinder- und Hausmärchen Band 1,
Brüder Grimm

*

»Wie man den Acker bestellt, so trägt er.«

Sprichwort

Für meinen Patenonkel
Nicht mehr da, aber doch stets bei mir

DER SCHATZ IM ACKER

Gedicht von Elisabeth Josephson
aus der Sammlung »Perlen aus bitterer Flut«

Welch' ein Acker! Dornen, Disteln nur
Glüh'nder Sand und toter Steine Wucht,
Auf der ganzen, ungeheuren Flur
Nicht die kleinste Frucht!

Und doch in der Tiefe, glanzverklärt,
Unter Scherben, in der Dunkelheit,
Ruht ein Schatz von unermeß'nem Wert:
Jesu Herrlichkeit.

INHALT

Aufbruch 13

Probeleich 15

I. Welch ein Acker! 31

II. Dornen, Disteln nur – Glüh'nder Sand 77

III. Und toter Steine Wucht 107

IV. Auf der ganzen ungeheuren Flur 131

V. Nicht die kleinste Frucht! 149

VI. Und doch in der Tiefe 171

VII. Glanzverklärt, unter Scherben 195

VIII. In der Dunkelheit ruht ein Schatz 209

IX. Von unermeß'nem Wert 229

X. Jesu Herrlichkeit 245

Mein aufrichtiger Dank geht an: 247

AUFBRUCH

Das rote Profil von Queen Elizabeth schien zu lächeln. Gezielt fuhr das Messer über ihren Kopf hinweg. Die Klinge glitt mit einem rauen Geräusch in das Papier und öffnete den Umschlag. Dieser Brief würde nun Gewissheit bringen. Allen unbequemen Fragen der Vergangenheit eine Antwort geben und dieser quälenden Unruhe ein Ende setzen.

Zitternde Finger klappten den gefalteten Brief auseinander. Das mittägliche Sonnenlicht, das seitlich durch die weißen Vorhänge gefiltert wurde, beleuchtete Zahlen und englische Worte. Es handelte sich um einen maschinell bedruckten Zettel einer Firma, die sich »Gene4you« nannte. »(…) The probability of paternity is 99,9998%.«[*]

Die Din-A4-Seite fiel zu Boden. Der Schmerz war kaum auszuhalten. Nun war es amtlich. Diese Drecksau sollte dafür mit seinem Leben bezahlen.

---

[*] Die Wahrscheinlichkeit der Vaterschaft liegt bei 99,9998 %

PROBELEICH

*»A schöne Leich« ist im süddeutschen Sprachraum kein
gut aussehender Verblichener, sondern eine großzügig
ausgerichtete Trauerfeier*

»Sie hätten dagegen vehement einschreiten müssen,
Monsignore. Einfach pietätlos!« Mürrisch schlurfte
Fräulein Schosi an Hirlingers Arm dem Eingang des
Bestattungsunternehmens Bauschmidt an der Kardi-
nal-Wartenberg-Straße entgegen. Ein Neonschild, das
den Namen des Altöttinger Totengräbers trug, hing
darüber und war eben aufgeflackert, da die Dämme-
rung über der Stadt in den letzten Zügen lag.

Fräulein Schosi füllte ein schwarzes Kostüm mit
einer farblich passenden Strumpfhose aus, welches
vor zwanzig Jahren ihrer damaligen Größe entspro-
chen hatte. Als von ihrem Arbeitgeber keinerlei Reaktion auf den geäußerten Unmut kam, schnaufte sie
entrüstet und blieb stehen. Unter einem lauten Ächzen bückte sie sich und strich mit der Hand über ihre
eingepressten Beine. »Ahhh, meine Haxen tun heut
scho wieder so weh.«

Golfplatz, kam Hirlinger bei diesem Anblick in den

Sinn, denn an mehreren Stellen zeichnete sich unter der dunklen Nylonoberfläche, durch nicht behandelte Krampfadern, eine unübersehbare Hügellandschaft ab.

»Dann wären Sie halt einfach zu Hause geblieben, wenn Ihnen der Abend so gar keine Freude bereitet«, entgegnete er.

»Ich komme mir gerade vor, als wäre ich zu einem Beerdigungsfasching unterwegs.«

Hirlinger griff nach Fräulein Schosis Ellenbogen, um sie zu sich heranzuziehen. »Tun Sie mir einen Gefallen und verlieren bitte, sobald wir drinnen sind, kein Wort mehr darüber.«

Die grüne Iris seiner Haushälterin funkelte unberechenbar. »Keine Sorge, ich halt meinen Mund. Trotzdem bleibt es für mich eine Geschmacklosigkeit sondergleichen.«

Hirlinger bezweifelte, ob er sich auf dieses Versprechen verlassen konnte. »Ich bitte Sie inständig, uns den Abend nicht zu verderben.«

»Wenn ich sag, dass ich meinen Mund halt, dann können Sie Gift drauf nehmen. Herrschaftszeiten!« Mit dem letzten Wort drehte sie sich ruckartig zur Eingangstüre. Ihre geschwollenen Beine stampften auf die Klinke zu.

»Vielen Dank für Ihre Unterstützung«, rief Hirlinger dem breiten Rücken nach. Er musste schlucken. Durch die Nase nahm er einen tiefen Zug kühler Luft in seine Lungen auf und ließ ihn mit einem befreienden »Ahhhh« aus dem Mund wieder entgleiten. Anschließend folgte er seiner Haushälterin ins Innere in der Hoffnung, dass Fräulein Schosi wirklich Wort halten möge.

Orgeltöne begrüßten sie im Empfangsraum. Irgendwo lief eine sanfte Aufnahme von Johann Sebastian Bachs »Jesus bleibet meine Freude«. In gedämpftem Licht hielt eine junge Frau im schwarzen Dirndl mit gelber Schürze den beiden ein Tablett entgegen, auf dem Sektgläser angerichtet waren. Hirlinger identifizierte sie als Tochter des Hauses beziehungsweise Juniorchefin. Hanna, wenn er sich recht an die Vorbesprechung erinnerte.

»Herzlich willkommen, Monsignore. Darf ich Ihnen zu Beginn ein Glas Prosecco anbieten?« Das freundliche Gesicht war bedeckt mit Sommersprossen. Ihre rötlich schimmernden Haare hatte Hanna zu einem Dutt zusammengesteckt.

Fräulein Schosi biss sich auf die Unterlippe. »Also, das is doch …«

Hirlinger warf ihr einen mahnenden Blick zu.

»Gerne.« Ohne ein Widerwort griff seine Haushälterin nach einem der gefüllten Gläser.

Hanna Bauschmidt drückte Hirlinger ebenfalls das perlende Getränk in die Finger. Der ließ seine Haushälterin dabei nicht aus den Augen. Er wollte sichergehen, dass von ihrer Seite keine weiteren bösen Kommentare zu erwarten waren. Ohne Murren prostete sie ihm zu. Dabei simulierten ihre Lippen sogar so etwas Ähnliches wie ein Lächeln. Vielleicht sollte Hirlinger seine Haushälterin gleich noch zu einem zweiten Glas nötigen, denn Alkohol erhellte grundsätzlich Fräulein Schosis Stimmung.

Beide hatten ihren Prosecco zur Hälfte geleert, als ein Mann das Bestattungsunternehmen betrat. Er trug einen wadenlangen beigen Trenchcoat und hatte einen hellen Hut mit breiter Krempe tief in die Stirn gezogen. Plötzlich hob er seinen Kopf und grinste breit. »Ja, Petronilla«, sagte er und gab ihr die Hand. »Das ist ja eine Freude. Haben Sie sich doch überzeugen lassen?«

Fräulein Schosis Laune wechselte von geheuchelter Milde zu wirklicher Freude und hielt die kräftige Hand des Neuankömmlings in der ihren. Der Mann lüftete zur Begrüßung seinen Hut. Schütteres dunkles Haar kam zum Vorschein, welches an den Seiten fülliger, aber bereits ergraut war.

»Hias«, flötete Fräulein Schosi. »Wenn man an die Sonne denkt, dann geht sie auf.«

Der Tierarzt Hias Spögler, eigentlich Dr. Mathias Spögler, wusste um seine Wirkung auf Fräulein Schosi. Er war Hirlingers bester Freund. Seine Gegenwart allein reichte seit Jahren aus, um den Drachen zu zähmen. Amüsiert zwinkerten Hirlinger und er sich zu.

»Joseph. Servus.«

»Grüß dich Gott, Hias.«

Vertraut schlugen die beiden Männer ein.

»Sind wir die Ersten?« Spögler sah sich um.

Hanna Bauschmidt näherte sich mit einem weiteren Sektglas. »Nein.« Sie wies auf eine Treppe, die ins Souterrain führte. »Im Ausstellungsraum warten bereits der Herr Bürgermeister Molaufer, die Landrätin, der Mooser Bräu und der Obermüller von der Sparkasse.«

»Dann sind wir die Letzten«, kommentierte Spögler die Aufzählung und machte sich daran, seinen Mantel loszuwerden. Fräulein Schosi ließ es sich nicht nehmen, ihm dabei zu assistieren. Auch er war in einen dunklen Anzug gekleidet, die schwarze Seidenkrawatte hatte Spögler durch einen akkuraten doppelten Windsorknoten am Kragen befestigt.

»Bin ich denn das einzige Anhängsel?«, wandte sie sich nach getaner Arbeit an Hirlinger.

»Ja, ich denke schon. Vier sind bereits da, mit dem Hias und mir sind es sechs. Sie sind Nummer sieben. Vom Stammtisch wollte sonst niemand eine Begleitung mitbringen.«

Spögler räusperte sich. »Oder hat niemanden mehr zum Mitbringen.«

Unter der Führung von Hanna Bauschmidt stiegen Fräulein Schosi, Monsignore Hirlinger und Dr. Spögler Stufe für Stufe nach unten. Ein großer schlichter Raum, in dem Särge verschiedenster Größen standen, lag vor ihnen. Einer aus unbehandeltem hellem Holz befand sich zentral in der Mitte und wurde von zwei brennenden Kerzen eingerahmt. Davor lag ein Kranz aus grünem Plastikefeu, auf dessen weißer Trauerschleife in goldener Schrift »Wir werden Dich nie vergessen. Deine treuen Kameraden« zu lesen stand.

Im hinteren Teil unterhielten sich drei ältere, dunkel gekleidete Herren, von denen einer einen Krückstock mit Silberknauf in Händen hielt. Es war der ehemalige Sparkassendirektor Obermüller. Ohne diesen Stock war er nie anzutreffen, wobei er eher ein schickes Accessoire war, denn wirklich vonnöten. Der Mittlere, der nicht ganz so groß wie sein Nachbar Obermüller war, hatte einen Bart unter der Nase stehen, der viele an Kaiser Wilhelm denken ließ. Molaufer der Bürgermeister der Kreisstadt. Als Letzter und Kleinster stand Eugen Mooser in der Reihe, der Besitzer einer der größten Brauereien der Gegend. Ob sich die drei Herren bewusst der Größe nach sortiert hatten? Hirlinger amüsierte der Anblick, ihn erinnerte das Bild an die Daltons aus den Lucky-Luke-Heftchen seiner Jugend.

Seitlich etwas abseits hatte sich eine Dame im pinken Cocktailkleid mit blondem Pagenschnitt postiert, deren Alter schwer einzuschätzen war. Dieser leuchtende weibliche Farbklecks zog Hirlingers und Spöglers Aufmerksamkeit auf sich. Ohne zu zögern gingen sie auf die Dame zu, gaben ihr einen Handkuss und schüttelten der Reihe nach die übrigen Hände. Fräulein Schosi beließ es bei einem Nicken.

»Mein herzliches Beileid«, sagte Spögler und die Gruppe überkam ein befreiendes Lachen, das aufgrund der kahlen Wände noch stärker hallte.

Entschuldigend zuckte die pinke Dame mit den Schultern. »Ich wusste nicht, dass ihr das alle so ernst nehmt.« Ihr Blick fiel auf Fräulein Schosi, die sie ratlos anstierte. »Sonst hätte ich vielleicht auch etwas Zeitloseres angezogen.«

Ein erneutes Lachen war die Reaktion der anwesenden fünf Männer. Fräulein Schosi kräuselte ihre Lippen.

»Man kann der Vergänglichkeit durchaus mit ein bisschen Farbe begegnen, Erlaucht«, sagte Hirlinger. »Und ich muss zugeben, dass du eines deiner schönsten Kleider für diesen Anlass aus dem Schrank geholt hast.«

»Ich bin neulich in Baden-Baden an einem Schaufenster vorbeigelaufen und da konnte ich nicht widerstehen.«

»Die Farbe is jetzt ned grad besonders schmeichelhaft«, entfuhr es Fräulein Schosi, die sich demonstrativ an die Seite des Monsignore gestellt hatte.

Hirlinger verdrehte die Augen und suchte den Boden nach einer zufällig auftauchenden Falltüre ab, in die er hätte versinken können.

»Finden Sie?«, strahlte die Dame in Pink, als hätte sie den Angriff soeben gar nicht wahrgenommen, und vollführte eine kleine Pirouette. Die umstehenden Herren bekamen dabei glänzende Augen.

»Äußerst stilvoll, Bibba«, lobte Dr. Spögler. »Wie immer.«

Von Fräulein Schosi vernahm der Monsignore ein halb ersticktes Grunzen, das sie mit geschlossenem Mund von sich gab. »Denken Sie bitte an den schönen Abend«, zischte er ihr zu.

Ein Klatschen rettete die Situation. Hanna Bauschmidt hatte ihre Handflächen zusammengeschlagen und entspannte so die aufgetretene Stimmung.

»Vielen Dank für Ihr Kommen«, eröffnete sie ihre kurze Rede. Alle Anwesenden wurden ruhig. »Als mir Monsignore Hirlinger von ihrem Plan erzählte, eine Probeleich abzuhalten, war ich sofort begeistert. Man sollte sich viel früher mit dem Ableben befassen. Wenn der Gevatter Tod an die Tür klopft, wissen viele Angehörigen nicht, wie es weitergehen soll.«

Mit dem Zeigefinger an die Wange gelegt nickte Hias Spögler mehrmals hintereinander.

»Unser Familienunternehmen existiert nun bereits in der dritten Generation ...«, fuhr Hanna Bauschmidt fort. »Mein Großvater hat noch eigenhändig mit einem Spaten die Gräber auf dem Altöttinger Friedhof ausgehoben. Heute erledigen das die Friedhofsangestellten mit einem kleinen Bagger.« Nach dieser historischen Einleitung gab sie einen kurzen Abriss über die Vorbereitungen zu den verschiedensten Arten von Trauerfeiern, sprach über die Unterschiede von christlichen und nicht konfessionellen Erd- oder Feuerbestattungen, bis sie zum Ende die Besuchergruppe einlud, die ausgestellten Särge zu inspizieren. Auftretende Fragen würde sie gerne beantworten. Die Gruppe zerstreute sich und nahm die Ausstellungsstücke ins Visier.

»Modell Herbstzeitlose« prangte auf einem Kartonschild in der rechten äußeren Ecke des Vorführraums. Komplett weiß und schlicht präsentierte sich die Holzkiste darunter. In unmittelbarer Nachbarschaft entdeckte Hirlinger eine massive Eichenholzkreation, die sich »Letzte Reise« nannte.

Hanna Bauschmidt schien seinen interessierten Blick aus der Entfernung zu lesen und unterbrach das Gespräch mit Dr. Spögler und dem Mooser Bräu. »Den gibt es auch in rustikal, hell gekalkt oder altdeutsch. Einer unserer Renner im Angebot.«

»Einfach greislig«, murmelte Fräulein Schosi hinter Hirlingers Schulter.

Die Dame in Pink trat an seine andere Seite. »Ach, Joseph, wenn ich die ganze Ausstellung so betrachte, denke ich mir, ob Moslem, Christ oder Atheist«, sie strich sich eine blonde Strähne aus dem Gesicht, »ist doch alles egal. Am Ende stehen wir vor dem gleichen Richter.«

»Da sprichst du ein wahres Wort, Erlaucht«, pflichtete ihr Hirlinger bei.

Als sie sich nach diesem kurzen Einwurf wieder entfernt hatte, um weiter mit den anderen Herren über die Vergänglichkeit an sich zu konversieren, zupfte Fräulein Schosi Hirlinger ungehalten am Ärmel seines Sakkos. »Impertinente Person! Warum müssen Sie die eigentlich dauernd noch mit Erlaucht ansprechen?«

Einen Moment lang schloss Monsignore Hirlinger seine Augen und bat Gott um Ruhe und Gelassenheit. »Ob ich Frau Vermehr mit Larissa, Bibba oder Erlaucht anspreche, kann Ihnen bitte vollkommen gleichgültig sein. Ich habe sie als Komtess kennengelernt, und das wird sie immer für mich bleiben. Egal mit wem sie gerade verheiratet ist oder war.«

»Dass die sich jedes Mal so aufspielen muss«, nörgelte Fräulein Schosi weiter.

Hirlinger gab auf. Er hatte mit der Zeit verstanden, dass, wenn seine Haushälterin einmal mit dem falschen Fuß aufgestanden war, es fast nichts gab, was ihre Stimmung wieder aufhellen konnte. Außer vielleicht ... »Hias, schau dir mal die Holzmaserung hier an. Einzigartig!«

Der treue Spögler begriff sofort, ließ Hanna Bauschmidt sowie den Mooser Bräu stehen und eilte seinem Freund zu Hilfe. »Ja, ja, sehr schön, sehr schön. Gefällt's Ihnen auch so gut, Petronilla?«

Als das Wort an sie gerichtet wurde, merkten die Außenstehenden, wie Fräulein Schosi ein paar Zentimeter größer wurde. Da war er wieder, dieser Moment, in dem das Mienenspiel des alten Drachens die Züge eines flirtenden Teenagers annahm. »D'rüber hab ich noch gar ned nachgedacht, aber durchaus.«

»Gell, da möchte man doch gleich Probe liegen?«, setzte Spögler noch eins drauf.

»Bitte?« Nervös gingen die Mundwinkel Fräulein Schosis auf und ab.

»Ausprobieren, wie es sich anfühlt. Es ist sicher ganz beruhigend, wenn einen der frische Holzduft umhüllt.«

Unsicher versuchte Fräulein Schosi an Hias Spögler abzulesen, ob er gerade einen Witz machte. »Sie meinen das doch ned im Ernst?«

»Frau Bauschmidt«, seine Stimme erfüllte den Raum, »darf man sich zufälligerweise mal zur Probe da reinlegen?«

Die Gerufene durchquerte die Sargausstellung. »So

eine Frage wurde mir bisher noch nie gestellt, muss ich zugeben. Aber gut, warum nicht.«

»Der da, der sieht mir doch recht bequem aus.« Spögler deutete auf die Eichenholzkiste mit der angeblich so tollen Musterung.

»»Letzte Reise‹«, nickte Hanna Bauschmidt. »Eine gute Wahl. Na, dann unternehmen Sie doch mal einen Gemütlichkeitsversuch.«

Fräulein Schosi verfolgte mit eingefrorenen Zügen, wie Spögler und der hinzugeeilte Mooser Bräu mit leichter Hand den Deckel anhoben. Das Innere war grün gepolstert. Am Kopfende lag ein kleines Kissen.

»Fast wie im eigenen Bett«, scherzte Spögler, als er sich darauf ausstreckte. »Und jetzt verschließen.«

Hirlinger und Mooser taten, wie ihnen befohlen.

»Gott! Welch Dunkel hier«, hörten die Umstehenden Spöglers weit entfernt wirkende Stimme.

Im Monsignore zuckte es, da er als Beethovenverehrer das eben benutzte Zitat erkannte. Plötzlich lachte er einmal laut auf. »Fidelio«, sagte er entschuldigend, als er sich wieder im Griff hatte. Der ehemalige Sparkassendirektor Obermüller war mit seiner Silberkrücke hinzugehinkt und schmunzelte wissend. »Florestan Arie.«

Nur Fräulein Schosi blieb stocksteif. »Des geht mir alles bald zu weit«, flüsterte sie Hirlinger zu.

»Unser Herrgott ist auch mal für einen guten Witz zu haben. Wie oft soll ich denn das noch sagen?« Sein Blick bohrte sich in ihr Gesicht. »Haben S' halt mal ein bissal Humor.«

Vom Sarg drang ein dumpfes Klopfen nach oben. »Danke, das reicht schon wieder. Bitte öffnen.«

Als Spögler sich aus der liegenden Haltung erhoben hatte, machte er sich daran, seinen Anzug zu glätten. »Ein wirklich fantastisches Erlebnis«, sagte er an Fräulein Schosi gewandt. »Das sollten Sie unbedingt selbst versuchen.«

»Ich weiß ned …«

Spöglers rechter Arm legte sich um Fräulein Schosis Schulter, die keine Gegenwehr leistete. »Petronilla, diese Möglichkeit darf man nicht ungenutzt an sich vorbeiziehen lassen.«

»Dafür bin ich ehrlich die Falsche.«

»Jetzt keine Widerworte, hopp, hopp. Ich helfe Ihnen auch rein und wieder raus.«

Der Klang seiner Stimme schien auf Fräulein Schosi einen hypnotischen Effekt zu haben, denn sie ließ sich ohne Weiteres zum »Letzte Reise«-Sarg geleiten. Wie ein Schlangenbeschwörer seine Kobra, so führte Spögler sie um die Kiste herum. Hias nahm ihre Hände in die seinen und strahlte Fräulein Schosi auffordernd an. Als wären ihre Knie aus Butter sank sie mit dem Hinterteil auf die grüne Liegefläche. Es knarzte und Hanna Bauschmidt schien sich Sorgen um die Stabilität ihres Musterstückes zu machen. Mit unsicherem Gesichtsausdruck verfolgte sie das Schauspiel.

»Jetzt kuscheln Sie mal so bequem wie Schneewittchen.« Das schwarze Kostüm belegte die komplette Sargbreite.

Der Mooser Bräu und Spögler setzten den Deckel auf.

Hirlinger blinzelte ungläubig umher. Ein zufriedenes Gefühl entfaltete sich in ihm. Auch wenn nur für einen kurzen Augenblick, so hätte er doch nie im Traum daran gedacht, dass die Aussicht auf einen Sarg, der Fräulein Schosi enthielt, seine Stimmung so dermaßen nach oben katapultieren konnte. Halleluja! Zuerst drehte er sich zum geschlossenen Eichenholzmodell und dann mit einem breiten Grinsen auf den Lippen zu Hanna Bauschmidt hinüber. »Hammer und Nägel haben sie nicht zufällig parat?«

Der Witz kam an. Wie nahe er an der Realität lag, war seinen Stammtischbrüdern nicht bewusst.

Larissa Vermehr bohrte ihren Zeigefinger in das linke Ohr und streifte mit einem tadelnden Blick den Altöttinger Bürgermeister Engelbert Molaufer, der direkt neben ihr ein lautes dreckiges Lachen aus den Tiefen seiner Lunge presste. Bisher hatte er sich in allen Gesprächen zurückgehalten.

»Berti, du erinnerst mich gerade an ein grunzendes Walross.«

Der Seitenhieb zog an Molaufer vorbei. Nun trieb es ihm sogar Tränen in die Augen. Die Spitzen seines gezwirbelten Schnurrbarts wippten. »Wie ein altes Ehepaar«, brachte er heraus, als sich sein Atem wieder beruhigt hatte. Seine Hand wanderte in die Innentasche des Sakkos. Ein weißes Stofftaschentuch kam zum Vorschein, welches er auf den Mund presste, um weiteres Glucksen und Kichern zu verhindern.

»Ich hätte keinesfalls für möglich gehalten, wie spaßig dein organisierter Programmpunkt wird«, zollte Larissa Vermehr Hirlinger ihre Anerkennung.

»Was hast du denn vorbereitet, Lara?«, drängte sich der Sparkassen-Obermüller dazwischen.

»Nach dem Essen werde ich über die Geburten- und Sterberate in unserem Heimatlandkreis sprechen und wie wir vonseiten der Politik darauf reagieren.«

»Klingt ja interessant.« Skeptisch wiegte Obermüller seinen Kopf.

Engelbert Molaufer rang nach Luft und versuchte, seine Contenance wiederzuerlangen. »Zwei Dumme ein Gedanke. Vielleicht hätt' ma uns vorher besser absprechen sollen. Ich hab nämlich die aktuellen Zahlen auch über Altötting zusammengestellt.«

Plötzlich hörte Hirlinger seinen Magen raunen. »Was kommt nachher eigentlich auf den Tisch?«

Eugen Mooser, in dessen Brauereigasthof der anschließende Leichenschmaus stattfinden sollte, räusperte sich. »Mei' Frau hat einen Hirschbraten im Ofen. Nachtisch dann Käse oda Pfirsich Melba … oda aa beides. Außerdem zapf ich für euch ein kleines Fassl Festbier an. Fünf Komma sieben Umdrehungen. Ich hoff, es muss keiner mit dem Auto heimfahren.«

»Bestell ma halt a Taxi.« Spögler rieb sich die Hände.

»So ein Großraumteil kostet eh nicht die Welt. Teilen wir uns die Fahrtkosten einfach«, schloss sich Obermüller der Idee an.

»Und zur Not kann ich auch zu Fuß heim«, sagte Spögler. »Das Fassl wird ausgetrunken.«

Bürgermeister Molaufer schlug Hirlinger auf die Schulter. »Manchmal is eine Haushälterin mit Führerschein einfach Gold wert. Gell?«

In diesem Moment vernahmen die Anwesenden ein Schnarchen, das mit einem Pfeifen vermischt zu ihnen drang.

Durch das Geplänkel über die kommenden Programmpunkte hatten sie vollkommen vergessen, dass Fräulein Schosi noch immer im Sarg lag. Hirlinger und Molaufer lüfteten umgehend die Abdeckung, während sich Hias Spögler darüberbeugte und überschwänglich Fräulein Schosi im Licht begrüßte. »Was für ein Erlebnis. Nicht wahr, Petronilla?«

Auf Spöglers Freundlichkeitsoffensive kam von Fräulein Schosi keine Reaktion. Ihre Augen waren geschlossen, ihre Gesichtszüge entspannt. Nur ihr rechter Nasenflügel bewegte sich bei jedem knarzenden Atemgeräusch.

»Die Gute ist ja eingeschlafen«, sagte Larissa Vermehr mit Blick auf das »Altöttinger Schneewittchen«.

»Am liebsten würde ich jetzt vorschlagen, dass wir uns alle auf Zehenspitzen aus dem Staub machen«, senkte Hirlinger seine Stimme.

Plötzlich schwiegen alle, bis Bürgermeister Molaufer laut auflachte und Fräulein Schosis Oberkörper davon reflexartig in die Höhe schnellte.

»Ach, du liebes bissal … Jetzt bin ich doch da drin kurz eingenickt.« Hustend hievte sie ihre Beine über den Rand. »In der Kiste isses so stickig.« Entschuldigend schüttelte sie den Kopf. »Der Sauerstoffmangel is ned guad für mich.«

»Na, Gott sei Dank hab ich für meinen Programmpunkt was an der frischen Luft vorbereitet.« Spögler hob theatralisch seinen Daumen und drückte pantomimisch auf einen unsichtbaren Knopf, dabei schnalzte er mit der Zunge.

Verständnislos sah ihn Fräulein Schosi an. »Was wird des?«

»Jeder von euch darf nachher gern mein Bolzenschussgerät an einem Brett ausprobieren. Aber Vorsicht mit dem Rückstoß.«

Molaufers Schnurrbart zuckte fasziniert. »Des wollt ich scho immer mal versuchen.«

»Ach geh, Hias! So ein Schmarrn.« Fräulein Schosi wandte sich ab.

»Ganz und gar nicht. So fühlt man am besten, wie kurz die Zeitspanne zwischen Leben und Tod sein kann. Beim Schuss fährt es dir in alle Knochen und der Ellenbogen beginnt zu summen. Währenddessen bricht das Vieh, auf dessen Schädel man es aufsetzt, normalerweise in Sekundenschnelle zusammen.«

Fräulein Schosi zeigte einen angewiderten Gesichtsausdruck. Aufmunternd reichte ihr Hias Spögler seinen Arm. »Fahr ma mal nach Bräu im Moos und dann schauen wir weiter. Ich zwing niemanden zu seinem Glück.«

I. WELCH EIN ACKER!

Diese Nacht fühlte sich nicht nach Frühling an. Hier draußen fröstelte man, als wäre der Winter für ein kurzes Gastspiel zurückgekehrt. Er lauschte in die einsame Stille, die jedes Flüstern, jedes Schleifen eines Kieselsteins unter den Schuhen zu einem unüberhörbaren Lärm heranwachsen ließ. Selbst diese Geräuschlosigkeit schien im Moment einen eigenen Klang zu verbreiten, der sich an seinem Trommelfell zu einem Wummern auswuchs.

Wann würde diese Sau endlich herauskommen?

Plötzlich musste er hemmungslos schluchzen. Ein Fetzen der Vergangenheit war in ihm aufgeflammt. Die Bilder kamen immer wieder, er konnte sie nicht verdrängen und sie taten weh. Er presste beide Hände auf den Mund und biss dabei die Zähne zusammen, um keinen Laut mehr herauszulassen, der ihn vielleicht verraten hätte.

Endlich ging der Eingang des Gasthofs auf und dieses Schwein torkelte heraus. Seinen Hut hielt er in der Hand, sein Mantel war nicht geschlossen.

»Frische Luft tut immer gut«, lallte er zum Abschied in die geöffnete Türe hinein, dann drehte er sich und stolperte mehr, als dass er ging, in seine Richtung. Er kam auf ihn zu, hatte ihn aber noch nicht entdeckt. Noch ein paar Sekunden, dann würde das Schwein weit genug vom Gebäude entfernt sein.

Nun stieß er einen Pfiff aus, was sein Opfer tatsächlich dazu veranlasste, stehen zu bleiben.

Was nun geschehen sollte, hatte er in seinem Kopf bereits mehrmals durchgespielt.

»Fahr zur Hölle!«

＊

Oberkommissar Max Kramer spürte, wie Gänsehaut seinen Rücken entlangkroch. Das lag nicht nur an der kühlen Morgenluft, sondern vor allem an dem ekelerregenden Anblick.

An diesem Dienstag hatte ihn ein Anruf der Kriminalpolizeistation Mühldorf um sechs Uhr fünfzig in seinem Bett auffahren lassen. Zehn Minuten vor dem Wecker. Er solle sich schleunigst zum Brauereigasthof »Bräu im Moos« in der Nähe von Tüßling begeben und auf das Schlimmste gefasst sein, so der Kollege am Telefon.

Max stand nun an einer Betonrampe, von der aus die Bierfässer des Lagers auf Lastwägen verladen wurden. Vor ihm lag ein ausgebluteter männlicher Leichnam. Weit aufgerissen starrten die toten Augen dem trüben Himmel entgegen. Vom Kopf der Leiche bis zur Kante verlief ein Rinnsal gestocktes Blut, das anschließend nach unten auf den asphaltierten Wendeplatz getropft war. Dort war eine matschige Lache entstanden. Der rote See tauchte den darunterliegenden Asphalt in ein dunkles Lila. Pfui Teufel!

Max hob den Blick und ließ ihn über die Landschaft schweifen, um seinen Nerven ein paar Sekunden Ruhe zu gönnen.

Über dem Bach, der das gesamte Areal durchfloss, und zwischen den Bäumen des kleinen Wäldchens oberhalb hingen weiße Nebelfetzen. Der umliegende Acker war aus pechschwarzer Erde und bildete einen Kontrast zu den hellen Schwaden, die sich zu dieser Tageszeit darauf breitmachten. Pittoresker hätte es der Romantiker Caspar David Friedrich nicht auf seine Leinwand pinseln können. Ein friedliches Bild, das auch als Kalenderblatt etwas hergemacht hätte. Einzig die Leiche trübte die Stimmung. Max wünschte, dass dieser Friede sich auch auf ihn legen und seinen Ekel vertreiben möge. Die schöne Aussicht tat die gewünschte Wirkung jedoch nicht, und die Männer der Spurensicherung in ihren raschelnden Ganzkörperanzügen störten ihn in seinen Beruhigungsversuchen.

»Geht so was schnell?«, wandte er sich schließlich an den Notarzt, der dabei war, die Todesbescheinigung auszufüllen.

»Sie meinen, Dr. Spöglers Ende?«

»Ja.«

»Besonders flott hüpft man dadurch nicht über den Jordan. Bolzen durch den Hinterkopf ins Hirn, irreversible Betäubung und dann langsames Ableben durch Blutverlust und Lähmung der Lebensfunktionen. Da ist es einfach besser, man läuft vor ein Auto und wird in Sekundenschnelle zu Brei. Oder fällt von einem Hochhaus, was denselben Effekt hat.« Auf den Lippen des Arztes lag ein breites Grinsen, denn anscheinend fand er seine Erklärung witzig oder er war stolz auf sich, so schnell andere Beispiele parat zu haben.

»Gott, Drengelmann, bitte. Mir wird gleich übel.« Seit Max in seiner alten Heimat tätig war, lief ihm dieser Macho in Weiß alle heiligen Zeiten über den Weg, und mit jedem Mal wurde er ihm unsympathischer.

»Manches Ableben ist eben qualvoll und nicht gerade ein Zuckerschlecken«, sagte Dr. Drengelmann trocken. »Sie sollten sich mal ein dickeres Fell zulegen, Kommissar, sonst landen Sie noch auf der Couch bei Ihrem Polizeipsychologen und schlussendlich …«, er machte eine Kunstpause, »in der Klapse.« Das P im letzten Wort betonte er extra. »Ich wäre hier fertig. Um den Rest kümmert sich dann wohl die Rechtsmedizin.«

Max hatte zweifelsohne ein Problem, wenn er es mit Leichen zu tun bekam, die ihm persönlich bekannt waren. Das musste er sich immer wieder aufs Neue eingestehen. Aber dieses Problem ausgerechnet von Drengelmann unter die Nase gerieben zu bekommen, ärgerte ihn. »Und Sie könnten in Ihrer Wortwahl ein bisschen professioneller sein.«

Dr. Drengelmann musterte ihn. »Wir werden wohl nie Freunde, oder?«

»Kann ich mir schlecht vorstellen. Wir haben wohl

nicht viel mehr gemeinsam als die Tatsache, dass jeder von uns ein Y-Chromosom besitzt.«

Wortlos drückte ihm der Notarzt die Todesbescheinigung in die Hand. Dann machte er auf dem Absatz kehrt und schritt zum wartenden Krankenwagen. Max wollte schon für einen Nachsatz Luft holen, als der Wagen seines Kollegen Fäustl vorfuhr und durch lautes Quietschen der Bremsen die Szene unterbrach. Die Türe wurde aufgestoßen, daraufhin drangen die schweren Atemgeräusche Fäustls aus dem Auto. Sein Kollege hatte deutliche Probleme beim Aussteigen, denn seit seiner Scheidung legte er kontinuierlich an Gewicht zu. Die graue Strickjacke spannte über dem Bauch. Jeder seiner Knöpfe drohte im nächsten Moment nach vorn katapultiert zu werden.

»Wie wär's mal mit einer Nummer größer, Fritz?«, begrüßte ihn Max, mit einem abschätzigen Blick auf dessen fülligen Oberkörper.

»Das heißt: guten Morgen«, kam als Reaktion zurück. »Also, Kramer, was haben wir hier?«

»Der Tierarzt Spögler hat …«, plötzlich stockte er, »an Bolzen in seinem Hirn stecken.«

»Der Spögler?« Fassungslos betrachtete Fäustl den Toten.

»Ja. Am Hinterkopf ist des zugehörige Schussgerät aufgesetzt worden.«

»Mei Ex hat in seiner Praxis immer unsere Katzen behandeln lassen. Des tut mir echt leid, dass es ihn so dawischen hat müssen. Hamma die Waffe?«

»Bereits vom Spusi-Toni eingetütet.«

»Was sagt uns der Instinkt?«

Max hatte seine Augen auf die Blutlache gerichtet. Dabei wurde das Rot immer intensiver. Als er danach seinen Kopf wieder hob und Fäustl im Blickfeld hatte, färbte in diesem Moment seine Netzhaut Fritz' Gesicht mit dieser unangenehmen Farbe ein. Kurz kniff er seine Augen zu. »Definitiv kein Unfall und Suizid auch eher unwahrscheinlich, aber noch nicht auszuschließen.«

»Kramer, irgendwie hab ich als erste Eingebung, dass des hier einer Hinrichtung gleicht.«

»Fritz, so was hab ich mir auch schon gedacht.«

»Wer hat ihn g'funden?«

»D' Caro. Also die Wirtin selber.«

»Ja dann …« Fäustls Hand wies zur Gastwirtschaft. »Worauf warten wir?«

*

In der Küche des Gasthofes herrschte bereits hektisches Treiben. Durch eine große Durchreiche konnte Max beobachten, wie zwei Köche in dampfenden Töpfen rührten, während die Chefin Caroline mit einem großen Messer Schnittlauch in winzige Ringe verwandelte. Sie sah kurz auf, als die beiden Kriminaler durch die Eingangstüre hereinkamen, sagte aber kein Wort und machte sich stattdessen wieder energisch an ihr Schnittwerk.

Der Geruch von gekochtem Fleisch und Wurzelgemüse erfüllte die Luft. Eigentlich verführerisch, aber in Max' Magen braute sich ein Gefühl zusammen, dass er Angst hatte, bald die Toiletten aufsuchen zu müssen.

Unerwartet warf Caroline Mooser das Messer mit einem Krachen auf das Brett, fuhr sich mit dem Handrücken über ihre schwitzende Stirn und wies die beiden Köche an, sie allein zu lassen.

Als die Angestellten Richtung Lagerraum verschwunden waren, donnerte ihre Stimme ungehalten über die Küchengeräusche hinweg: »Einfach nur zum Scheiße schrei'n!« Hektisch säuberte sie ihre Finger an der Schürze. »Kaffee?«

Max und Fäustl nahmen das Angebot dankend an.

»Is der Bräu auch da?«, fragte Max, als er einen Schritt in den Türrahmen gewagt hatte.

»Der Eugen hat sich wieder aufs Ohr hauen müssen. Ist ihm auch nicht zu verdenken, oder? Schließlich liegt einer seiner besten Freunde da draußen.« Während Caroline sprach, griff ihre rechte Hand nach zwei kleinen Tassen auf der Ablage und ihre linke machte sich zeitgleich darunter an einem Kaffeeautomaten zu schaffen. Die Tasten begannen zu blinken. Als nach ein paar Sekunden immer noch kein schwarzer Tropfen die Maschine verlassen wollte, ballte sie ihre Faust und hämmerte auf das Gehäuse ein. »Glump verreckt's! Einfach nur zum Scheiße schrei'n!«

Sachte schob Max sie beiseite. »Lass mich mal.« Ihm fiel auf, dass ihr linker Zeigefinger ein Pflaster zierte. Durch die Erschütterung eben hatte sich die Wunde aufs Neue geöffnet und ein kleiner roter Faden lief Richtung Handgelenk. Schon wieder Blut. Ihn würgte es. »Des mit dem Spögler nimmt uns alle mit.«

»Einfach nur zum ...«

»Scheiße schrei'n«, vollendete Fäustl Carolines Satz. Nun glitt ihr tatsächlich ein flüchtiges Lächeln übers Gesicht. »Ich weiß ... ich sollte ned so viel schimpfen.«

»Wann hast du ihn denn gefunden?« Max stellte die zweite Tasse unter die Espressodüse und reichte die erste an Fäustl weiter. Der leerte sie in einem Zug.

»Kurz nach sechs, als ich mit dem Hund draußen war. Dann bin ich sofort rein, hab nix angefasst und den Notruf gewählt.«

Max' Tasse hatte sich inzwischen gefüllt. Er nahm einen Schluck. Der Kaffee schien ihm bitterer als sonst, half aber, seinen Magen zu beruhigen. »War der Spögler gestern bei euch Gast?«

»Ja, ned nur er.«

»Aber ihr habt's Montag doch immer Ruhetag. Mit wem is er denn unterwegs gewesen?«

»Dem Eugen sein Stammtisch hat hier privat gefeiert. So was kannst bloß machen, wenn keine anderen Gäste da sind. Wird eh schon genug geredet, verstehst?«

»Und wer war dann genau dabei?«

»Die Landrätin, der Sparkassen-Obermüller, der Monsignore mit seiner Haushälterin, der Bürgermeister Molaufer aus Altötting ...« Caroline seufzte. »Eben der Spögler Hias und auch mein Mann, der Eugen.«

Im Geist erschien Max bei jeder Namensnennung das zugehörige Bild. Auch Fäustl waren alle Personen sichtlich bekannt, denn er nickte wissend, nachdem jeder einzelne Carolines Mund verlassen hatte.

»Geburtstag?«, erkundigte sich Max.

»Naa, a Probeleich.«

»Was bitt schön is'n des?«

Caroline griff nach einem Holzlöffel und wendete einen Brocken Rindfleisch, der in brodelndem Wasser vor sich hin garte. »Des haben die erfunden. An Leichenschmaus ohne Beerdigung. Und jetzt is wirklich einer von ihnen verstorben. Scho komisch, oder?«

»Das kannst du laut sagen. Wie kommt man denn drauf, so eine düstere Mottoparty zu veranstalten?«

»Das war laut, feucht und fröhlich. Das absolute Gegenteil von gedrückter Stimmung.«

»Machen die so was öfter?«

»Naa, des war eine Premiere.«

Bisher hatte Fäustl der Unterhaltung gelauscht, ohne sie zu unterbrechen. Doch nun wurde er hellhörig, denn diese Geschichte war bis dato das Kurioseste, was ihm während seiner kriminalistischen Karriere über den Weg gelaufen war. »Hat da wer nachgeholfen, um abschließend doch an Grund für den Leichenschmaus zu haben?«

Caroline wirkte entrüstet. »Schwachsinn, Fritz!«

Der Verdacht war auch für Max nicht so einfach von der Hand zu weisen, wenngleich es dubios klang. Wobei er keinem der aufgezählten Honoratioren, die mit Spögler den letzten Abend verbracht hatten, ernsthaft zutraute, in das nicht natürliche Ableben des Tierarztes verstrickt zu sein. Schon gar nicht Monsignore Hirlinger oder der schicken Larissa Vermehr, oder am Ende sogar Fräulein Schosi. »Wer hatte denn die Idee zu dieser nicht alltäglichen Feierei?«

Caroline überlegte kurz.

Die entstandene Pause nutzte Max, um zu seiner Umhängetasche zu greifen. »Stört's dich, wenn ich mein Diktiergerät mitlaufen lasse?«

Durch ein Kopfschütteln versicherte Caroline, dass sie damit einverstanden war.

Fäustl reichte ihr ein Formblatt und einen Kugelschreiber. »Bitte ausfüllen.«

Verständnislos zuckte Caroline mit den Schultern, als sie das Papier überflogen hatte. »Ihr wisst doch, wie ich heiße und wo ich wohn.«

»Brauch ma für die Akten«, erklärte Fäustl.

Inzwischen war Max' kleine schwarze Box einsatzbereit. Er hielt sie sich vor die Lippen. »Zum Todesfall Dr. Mathias Spögler in Bräu im Moos bei Tüßling, nachfolgend eine Zeugenbefragung von Caroline Mooser, Entdeckerin der Leiche, persönlich bekannt. Aktenzeichen wird später ergänzt. Wie ist der gestrige Abend genau verlaufen?«

»Hias, also Dr. Spögler und seine Stammtischfreunde waren bei uns im Gasthof zum Essen …« Sie wiederholte noch mal alle Namen der Anwesenden und beschrieb den Sinn und Zweck der Zusammenkunft. »Das liegt jetzt schon ein paar Jahre zurück«, kam sie auf den Grund des Spektakels zu sprechen.

»Damals haben alle ein paar Hundert Euro auf den Tisch geschmissen und gemeinsam über den Sparkassenchef Obermüller anlegen lassen. Damit bei einem Todesfall alle zusammen noch mal den Verblichenen hochleben lassen können, ohne dass die Nachkommen dafür extra belastet würden. Irgendwann tauchte die Frage auf, ob aus dem Kapital nicht schon so viele Erträge angewachsen wären, dass es für eine g'scheide Probeleich reicht. Wer jetzt genau der Urheber von diesem Plan war, kann ich euch nicht mehr mit Sicherheit sagen«, beendete Caroline ihren Bericht.

»Und wie war dann der Abschluss des gestrigen Abends?«, hakte Max nach.

»Caro, hast du zufällig eine Wurschtsemmel?«, grätschte Fäustl unerwartet dazwischen. Genervt hob Max die Augenbrauen. Sein Kollege zuckte entschuldigend mit den Schultern. »Ich hatte heut noch kein Frühstück.«

Schweigend öffnete Caroline Mooser eine Kühlschublade. »Magst du auch eine, Max?«

»Ich bring grad beim besten Willen nix runter.« Allein der Gedanke an Essen ließ es ihm wieder übel werden.

Während sie sich nun daranmachte, von einer langen Salami die äußere Haut abzuziehen, ging sie auf Max' Frage ein. »Der Hias ist als Letzter aufgestanden, da waren die anderen schon eine gute halbe Stunde mit dem Taxi fort. Er wollte zu Fuß heim. Ist ja nicht weit. Außerdem täte ihm frische Luft gut, hat er gelallt. Da haben Eugen und ich ihm nicht widersprechen können, denn der Hias hat echt einen sauberen Rausch beieinanderg'habt. Wobei das eigentlich untertrieben ist. Der war bummvoll. Kurz vorm Verlust der Muttersprache.«

»Und du hast ihn einfach so ziehen lassen?«

»War ja nicht des erste Mal. Bisher hat er immer heimg'funden.«

Caroline reichte Fäustl die bestellte Salamisemmel, der sie ihr umgehend aus der Hand riss und bereits nach zwei Bissen die Hälfte in seinem Mund hatte.

»Würdest du den Spögler als Alkoholiker bezeichnen?«, kehrte Max zur Befragung zurück.

»Nicht mehr und nicht weniger wie alle anderen Gelegenheitstrinker.«

»Hatte er gestern mit irgendwem Streit? Oder ist sonst was Auffälliges passiert?«

»Ned so wirklich.«

»Was genau heißt?«

»Kurz hatte er sich mit der Larissa Vermehr in den Haaren wegen irgendeinem nichtigen Dings an ihrem Schloss in Tüßling. Und komischerweise dann auch noch mit der Schosi, weil die seinen Programmpunkt blöd fand. Der Hias reagiert immer unglaublich gereizt, wenn er was intus hat.« Mit dem Finger tippte sich Caroline mehrmals hintereinander an die Stirn. »Dann bekommt der ohne Vorwarnung einen richtigen Vogel.«

»Programmpunkt?«, wiederholte Max das Stichwort, mit dem er gerade nichts anzufangen wusste.

»Jeder vom Stammtisch hat sich etwas zum Thema

Vergänglichkeit ausgedacht. Der Hias hatte deswegen sein Bolzenschussgerät einstecken und jeder durfte damit draußen im Biergarten ein Brett durchschießen. Eigentlich a Gaudi, aber die Schosi hat sich strikt geweigert und erklärt, dass die ganze Sache ein riesiger Schmarrn sei. Dann kam halt ein Wort zum anderen. Den restlichen Abend haben sie sich bloß noch giftig angestiert, obwohl der Hias seit Jahren der Einzige ist, der den alten Drachen im Griff hat.«

Als hätten sie mit Stricknadeln an einer Steckdose herumgespielt, durchzuckte es gleichzeitig Max wie auch seinen Kollegen. Die Tatwaffe stammte also vermutlich vom Opfer selbst. Fäustl schluckte den letzten Bissen hinunter und sah Max mit großen Augen an. Kopfschüttelnd kratzte der sich am Kinn. »Sag amal, Caro, hast du schon bei seinem Sohn angerufen?«

Anstatt zu antworten, schlug sie ihre Augen nieder.

»Hättest du vielleicht seine Adresse für uns?«

Plötzlich schien Carolines Stimme leise und belegt. Die Kraft schien ihr aus den Gliedern gewichen zu sein. »Ich hab den Andi nicht anrufen können. Versteh mich nicht falsch, aber des will ich nicht machen müssen. Des … des überfordert mich. Des is wirklich zum Scheiße schrei'n.« Ihr Blick wanderte unsicher zwischen Max und Fäustl hin und her. »Die wohnen alle da vorne, wenn's nach Burgkirchen am Wald raufgeht, unterhalb vom Friedhof. In dem Haus, wo auch ihre Praxis is. Meine Güte, der Andi. Was soll ma jetzt bloß machen?«

»Ich weiß, wo des liegt«, schaltete sich Fäustl ein und zückte seine Autoschlüssel.

*

»Länger als fünf Minuten brauch ma nicht für die Strecke. Fahr ma gemeinsam hin? Und ich schmeiß dich nachher wieder hier am Parkplatz raus?«, fragte Fäustl, als sie nebeneinander auf ihre Dienstwägen zuschritten.

Durch ein Nicken gab Max seinem Kollegen zu verstehen, dass er gegen diesen Plan nichts einzuwenden hatte. Dann schüttelte er den Kopf, immer noch irritiert von Carolines letzten Sätzen. »Was hat die jetzt wegen dem Andi so rumgesponnen, Fritz?«

»Der Andi ist der Bua vom Spögler.«

»Des weiß ich schon. Der hat doch die Praxis seines Vattas vor einem Jahr übernommen.«

»Korrekt, Kramer.«

»Seltsam, dass des die Caro so mitnimmt.«

»Mei schau, die kennt den Andi doch schon sein ganzes beschissenes Leben lang.«

»Was meinst damit?«

»Du weißt auch gar nix, Kramer.« Fäustl hob verständnislos seine Augenbrauen, dann seufzte er, bevor er von Neuem begann. »Am Spögler seine erste Frau, also die Mutter vom Andi, ist abgehauen, als der noch ganz klein war. Die zweite Frau, die ihn dann großgezogen hat, ist vor drei Jahren an Krebs gestorben. Und jetzt ist sein Vater auch noch hin. Der Andi kann einem scho leidtun. Aber er hat ja Gott sei Dank noch sei Frau.« Fäustl ging um das Heck seines Wagens herum auf die Fahrerseite.

Die eben gehörte Geschichte war Max neu. Er kannte Andi nicht wirklich. Auf dem Gymnasium war er zwei oder drei Jahrgangsstufen unter ihm gewesen. Für damalige Zeiten gefühlt eine komplette Generation. Man traf sich nie auf den gleichen Partys. Vor allem weil Andi in Max' Erinnerung ein Langweiler war, der nicht zu den coolen Jungs der Schule gehörte. »Brav« und »nett« waren die Attribute, die ihm zugeschrieben wurden. Und dass das Adjektiv »nett« die kleine Schwester von sonst was ist, traf auch hier zu.

Als er die Beifahrertüre öffnen wollte, huschten zwei Katzen unter Fäustls Auto hervor. Ein getigerter Kater jagte einer weißen Kätzin nach. Wenige Sekunden später waren beide hinter der Ecke zur Brauerei verschwunden. Fäustl kommentierte das Schauspiel nur mit einem Wort, während er sich auf seinen Sitz fallen ließ: »Rollig.«

Ja, der beginnende Frühling war nicht zu übersehen.

*

Von der Landstraße ging rechts ein ungeteerter Feldweg ab, in den Fritz mit etwas zu viel Geschwindigkeit hineinfuhr. Sie kamen an einem steilen, vollkommen bewaldeten Hügel vorbei, der seitlich einen natürlichen Schutzwall zum Spögler'schen Gehöft bildete. Nach dreißig Metern hielten sie vor dem renovierten alten Bauernhof. Im hinteren Bereich beherbergte er die Tierarztpraxis. Der Eingang zum Wohnhaus befand sich direkt vor ihnen. Beim Aussteigen blickte Max nach oben. Die westliche Anhöhe begrenzte dabei die Sicht auf die Hälfte des Himmels. Die Bäume hatten noch kein Grün und die obersten Zweige hoben sich wie filigrane Stacheln von der grauen Wolkendecke ab. Er schätzte, dass an schönen Tagen bereits mittags kein Sonnenstrahl mehr hier zu Boden fiel. Für ihn war es völlig unvorstellbar, auf diesem Flecken Erde zu leben. Mit dem Sonnenstand wälzte sich wohl der Schatten des Hügels jeden Nachmittag über das komplette Anwesen. Der Gedanke daran wirkte erschreckend. Sein Gemüt brauchte genügend Licht, sonst drohte sein Seelenzustand zu kippen. Lange Winter waren für Max eine Prüfung sondergleichen.

Ein Pfeil, auf dem das Wort »Praxis« stand, zeigte von der Haustüre weg nach hinten.

»Auf geht's«, sagte Max. Todesnachrichten zu überbringen, war mitunter der schlimmste Teil seines Berufs.

Fäustl drückte auf das Klingelschild zum Wohnhaus. Kurze Zeit später öffnete ein unscheinbarer, dunkelhaariger junger Mann von mittlerer Statur. Gestutzter Dreitagebart, grünes Poloshirt, auf dessen Brust sein Name eingestickt war: »Dr. Andreas Spögler«.

»Servus, Andi. Ich bin der Kramer Max. Wir kennen uns noch vom Gymnasium.«

Andis Augen wurden größer. »Du bist jetzt bei der Kripo, gell?«

»Ja.«

Kaum dass Max dies ausgesprochen hatte, sank Andi kraftlos in die Hocke. »Ich wusste, dass dem Papa was passiert ist.«

Max ging in die Knie, um mit ihm auf Augenhöhe zu sein. »Ja, dein Vater ist heute Nacht umgekommen. Es tut mir wirklich sehr leid für dich.«

Nun glitt Andi auf den Fußboden, rappelte sich wieder auf, setzte sich hin und lehnte seinen Rücken an die Wand. Er rang nach Luft. »Wie?«

»Er ist höchstwahrscheinlich mit seinem Bolzenschussgerät ermordet worden.«

Von Andi war kein Laut mehr zu vernehmen. Stoisch starrte er ins Leere. Selbst das Atmen schien er eingestellt zu haben. Nur seine geöffneten Augen und das nahezu rhythmische Blinzeln deuteten darauf hin, dass er bei Bewusstsein war.

Max berührte Andis Schulter. »Woll'n wir uns ned was Bequemeres zum Sitzen suchen?«

Er nickte. Fäustl und Max griffen ihm unter die Achseln.

»Geradeaus durch is das Wohnzimmer«, wies Andi ihnen den Weg. Dort angekommen schmiss er sich in einen Sessel.

Drei Fenster und eine Terrassentür gingen hinaus zum Garten, dahinter verlief die Straße, von der Fäustl vorher abgebogen war.

Max und sein Kollege nahmen auf einer grauen

Couch Platz. Die Einrichtung war puristisch. Angenehm nüchtern die Farbgebung, was Max sofort ins Auge stach. An den Wänden links und rechts hingen alte Stiche in goldenen Rahmen, die Schlösser und Städte der Umgebung zeigten. Der Altöttinger Kapellplatz, das Herz seiner Heimatstadt, war auch darunter. Diese altertümlichen Bilder passten nicht zur modernen Möblierung. Absoluter Fehlgriff, dachte sich Max. Tradition und Innovation hatten sich hier nicht zu einem glücklichen Zusammenleben eingefunden.

»Andi, is dei Frau auch zu Hause?«, erkundigte sich Fäustl vorsichtig.

»Oben im Bett.« Er wandte den Kopf zum Ausgang. »Sportunfall.«

»Soll'n wir vielleicht raufgehn zu ihr?«

»Naa, die hat Krücken. Des geht schon, wenn ich sie rufe.«

Ohne sich zu erheben, schrie Andi Richtung Treppenhaus. »Romy! Kommst du bitte mal. Die Kripo is da.«

Max sah ihn entgeistert an. Plötzlich wirkte sein Gegenüber wie ein anderer Mensch. »Braucht sie wirklich keine Unterstützung?«

»Frag s' halt selber.«

So schroff dieser Satz auch klang, Max war sich sicher, dass es der Situation geschuldet war und dass Andi keinesfalls so unsympathisch war. Er stand auf und ging zur Tür. Dort hörte er ein Stapfen, das vermeintlich von den Krücken kam, die Romy Spögler im ersten Stock auf den Fußboden setzte.

»Frau Spögler?«, rief er hinauf.

Zu ihm drang ein deutliches »Ja« hinunter.

»Kramer, Kripo Mühldorf.«

»Max, bist du's?«

Bei Romy Spöglers erstem Wort hatte Max bereits eine Ahnung gehabt. Und da sie ihn anscheinend kannte, bestand kein Zweifel mehr. Romy, der Name war eh äußerst selten. Es musste sich um seine Mitschülerin aus der Parallelklasse handeln, die mit ihm Abitur gemacht hatte. Er nahm die erste Stufe nach oben und blickte hoch zum anderen Ende der Treppe. Dort stand sie, zwei Krücken in den Händen und ihr rechtes Bein in einer schwarzen Schiene eingepresst.

»Romy Schein«, nuschelte er kopfschüttelnd.

Sie lächelte. »Verheiratete Spögler.«

»Schaffst du 's runter zu uns?«

»Klar. Dauert nur etwas länger.« Umständlich nahm sie ihre Gehhilfen in die rechte Hand, während sich ihre linke am Geländer abstützte. Schritt für Schritt kam Romy ihm entgegen. Für eine Frau war sie relativ groß, knapp unter eins achtzig, sehr dünn und sportlich mit kurzen dunklen Haaren. Wie lange hatten sie sich schon nicht mehr gesehen? Beim zehnjährigen Abitreffen hatte er gefehlt, also musste es zwölf Jahre her sein, als der komplette Jahrgang damals seine Zeugnisse erhielt. An ihr schien die Zeit spurlos vorbeigegangen zu sein.

»Tja, die Sissi ist grad außer Gefecht gesetzt«, lachte Romy, als sie endlich vor ihm stand. Sie spielte damit sowohl auf ihr Bein, als auch auf ihren Spitznamen zur Schulzeit an. Angeblich waren ihre Eltern so große Fans der Film-Trilogie um Österreichs Kaiserin, dass sie ihr deshalb, in Gedenken an Romy Schneider, diesen nicht alltäglichen Vornamen verpasst hatten.

Max umarmte sie. »Meine Güte, was hast du denn g'macht?«

»Wir wollten den letzten Schnee ausnutzen und waren voriges Wochenende beim Snowboarden. Blöde G'schicht.«

»Schmerzen?«

»Geht so. Dafür gibt's Tabletten.«

»Komm mal bitte mit. Mein Kollege Fäustl ist auch dabei.« Max ging voran, während Romy sich wieder auf ihre Krücken stützte.

Als sie durch die Tür trat, fiel ihr Blick auf Andi, der bewegungslos die Zimmerdecke zu beobachten schien. Schweigend nahm sie auf der Lehne des Sessels Platz und legte ihr verletztes Bein auf der Couch daneben ab. Fragend sah sie in die Runde, doch keiner antwortete ihr. Stille erfasste den Raum. Plötzlich griff Andis Hand nach der ihren.

»Der Papa is tot.«

Romy atmete hörbar durch die Nase ein. Ein tiefer Luftzug, den sie mit geblähten Backen wieder entweichen ließ. »Besoffen Auto gefahren?«

»Nein.« Andi zog ihre Hand auf seinen Schoß. »Ermordet isser worden.«

»Also …«, Fäustl räusperte sich, »es deutet alles darauf hin, aber so weit sind unsere Ermittlungen noch nicht, dass wir das mit hundertprozentiger Sicherheit bestätigen können.«

»Wir gehen aber davon aus«, setzte Max hinzu.

»Mord«, murmelte Romy. Sie schloss die Augen.

*

Außer zum Zähneputzen blieb ihr Mund seit sechs Tagen wie verriegelt. Gut, flüssige Nahrung ließ sie durch. Nur mit Gott und seiner Mutter hatte sie in Gedanken gesprochen. Ihre Knie schmerzten bereits von der Gebetsbank in ihrer Zelle. Und immer wieder wummerte in ihr ein Ohrwurm, der durch Maria Evitas tagelange Wortlosigkeit verstärkt wurde. *I'm getting fat and lazy, I always look a mess, I need a little drinky poos, to bring me happiness ...* Dieser Song ihrer Lieblingsband aus Schulzeiten handelte von einem Alki, der auf der Suche nach Wein war. Der Text beschrieb, wie schrecklich es sich anfühlte, verlassen zu werden, und dass in diesem Fall Lambrusco die beste Medizin wäre. Darüber konnte sie tatsächlich schmerzhaft lächeln. Mit ihren Fingern klopfte sie sich an die Schläfen und bat Gott darum, das Punkkonzert für einen Moment verstummen zu lassen, denn sie wollte über das Geschehene nachdenken.

Maria Evita hatte einen Mann geküsst, nicht irgendeinen, sondern Max Kramer, ihren Ex. Selbstvorwürfe dominierten seither den Tagesablauf, obwohl sie an diesem Teil der Geschichte unschuldig und er der Übeltäter war. Schamlos hatte er sie überrumpelt. Um einen Wangenkuss gebeten und dann im letzten Moment seinen Mund auf den ihren gedrückt. Gott hätte es ihr sicher verziehen, aber nicht die Mutter Oberin, die just in diesem Moment an der Fensterscheibe des Hotels zur Post vorbeilaufen musste. Was aber noch schlimmer wog: Sie hatte der ehrwürdigen Mutter ins Gesicht gelogen, um dieses Treffen mit Max überhaupt zu ermöglichen.

Maria Evita tat zwei Schritte zum Fenster und blickte hinab in den großen Klostergarten, der von einer hohen Betonmauer umschlossen wurde. Hier war sie geschützt, aber gerade fühlte es sich wie ein selbst gewähltes Gefängnis an. Ein leichtes gelbes Netz, das über die Rasenfläche gesponnen worden war, leuchtete zu ihr herauf. Die Winterlinge und ersten Krokusse sprossen bereits hervor. Aber auch diese Boten des Frühlings konnten Maria Evita nicht heiter stimmen.

»Sie müssen sich über Ihr Leben klar werden, Kind.« Die Worte der ehrwürdigen Mutter Oberin tauchten mal lauter und mal leiser in ihrem Kopf auf.

Vor ihr auf dem kleinen Tisch lag ein zusammengefalteter dunkelblauer Jogginganzug. Jeden Morgen nach der Andacht tauschte sie ihren Habit für eine halbe Stunde gegen ihn ein. Versteckt darunter befand sich ein iPod, der sich wie ein winziger Hügel auf der Stoffoberfläche abzeichnete. Noch so eine Wahrheit, die sie vor der klösterlichen Gemeinschaft verborgen hielt. Er war ein Geschenk ihrer Tante, die in der

Nachbarschaft lebte. Gegenüber den anderen Schwestern hatte sie nie thematisiert, dass sie auf ihre Musik nicht verzichten konnte. Maria Evita wollte sich keinesfalls als Punkfan outen, denn der Geschmack der klösterlichen Gemeinschaft endete bei Mozart. Alles andere wurde nur als störendes Geräusch wahrgenommen. Selbst Bach, diesem Lutheraner, schlug trotz seines musikalischen Genies nicht nur das Wohlwollen der greisen Pinguine entgegen. Was hier wie gesehen wurde, folgte undurchschaubaren Regeln, und diese infrage zu stellen, stand ihr als Novizin nicht zu.

Unten strebte die ehrwürdige Mutter mit zwei weiteren Nonnen an ihrer Seite durch den Park der Andacht entgegen. Schnell wich Maria Evita zurück. Sie wollte verhindern, dass sich ihre Blicke kreuzten. Sie war voll Scham über das, was vorgefallen war, egal wie viel Schuld sie daran hatte.

Ihre Augen streiften das unendliche Weiß ihrer Bettwäsche. Diese Unschuldsfarbe. Vor einer Woche hatte sie darin das letzte Mal ruhig durchgeschlafen. Inzwischen wachte sie jede Nacht um drei Uhr auf, und dann begann das Grübeln. Max, der Kuss, ihr Vertrauter – Monsignore Hirlinger –, die ehrwürdige Mutter Oberin erschienen als verzerrte Bilder in ihrem Kopf. All das waren Beweise dafür, dass nichts blieb, wie es war. Ihr Leben war ein stetiger Wandel, eine kurvenreiche Straße, die Maria Evita Angst bereitete. Natürlich wusste sie, dass kein Mensch in der Lage war, auch nur einen einzigen Augenblick wirklich festzuhalten, außer vielleicht als schwache

Erinnerung. Aber ihr Leben hatte sich so oft auf den Kopf gestellt, dass Beständigkeit im Zentrum ihrer Wünsche stand.

Mit fünfzehn war Maria Evita zur Vollwaise geworden. Das Schicksal hatte sie ihrer Eltern beraubt, durch einen Geisterfahrer auf der Autobahn. Deshalb wurde ihre Tante Traudl zur Erziehungsberechtigten und übernahm ab diesem Zeitpunkt sowohl die Mutter- als auch die Vaterrolle. Wirklich geborgen hatte sie sich jedoch erst im Kloster gefühlt.

Wie sollte es denn nun weitergehen? Ihre Finger fühlten den Rosenkranz in der Tasche ihres Habits. Sie zog ihn heraus und legte die Kette auf die Handfläche der anderen Hand, um im Tageslicht jede Perle zu betrachten. Das Kreuz dazwischen schimmerte matt. Die Zeiten, als sie mit Max Händchen haltend dem Sonnenuntergang entgegenging, waren vorbei. Wobei diese Kitschidylle eh niemals stattgefunden hatte, sondern beide in der Realität bekifft in einer versteckten Ecke des Klostergartens standen, um wild rumzuknutschen. »Sacklzement!« Sie ballte ihre Faust und das sperrige Kreuz presste sich schmerzhaft in ihr Fleisch.

Sie wollte unter allen Umständen im Kloster bleiben, ihren Platz nicht räumen, Gott keinen Korb geben. Für ein Leben außerhalb fühlte sie sich nicht bereit. Wenn für sie kein Halt mehr geboten war, drohte sie abzurutschen. Das wusste sie. Das letzte Mal hatte sie dadurch zwar zu Gott gefunden, aber auch riskiert, für immer von dieser Erde zu verschwinden. Als sie den Tod ihrer Eltern zu begreifen begann, waren Zigaretten ihre ersten Freunde, später dann Joints und zum Schluss Heroin. Das durfte sich nicht wiederholen.

Ihre Faust, mit der sie nach wie vor krampfhaft den Rosenkranz umklammerte, begann zu zittern, die große Ader, die zwischen Zeige- und Mittelfingergelenk lag, schwoll an. Unvermittelt öffnete Maria Evita ihre Finger. Es war wirklich an der Zeit, etwas zu ändern. Vielleicht sollte sie die ehrwürdige Mutter um die Versetzung in ein anderes Kloster ihres Ordens bitten. Abstand von Altötting könnte für eine gewisse Zeit eine Lösung sein. Sie seufzte, verstaute die Perlenkette in der Tasche ihres Habits und öffnete die Zellentür. Sie musste bei der Andacht erscheinen.

*

Der Anblick, den Romy und Andi boten, war, gelinde gesagt, furchtbar. Der Schock durch die Todesnachricht zeichnete sich in ihren Gesichtern ab und ließ beide in gefühlter Zeitlupe agieren. Niemand sprach, nur von Fäustls Seite war ein unaufhörliches Knistern zu vernehmen. Er hatte sich eine Schale mit in raschelndem Plastik verpackten veganen Schokokugeln geschnappt. Sie war auf dem Wohnzimmertisch gestanden. Ungefragt stopfte er die runden Dinger nun in sich hinein. Dieses Nebengeräusch nervte Max.

»Uns ist gesagt worden, dass dein Vater gestern Abend sein eigenes Bolzenschussgerät zum Stammtisch mitgebracht hat. Wo wird denn das normalerweise aufbewahrt?«, durchbrach er die Stille und eroberte Andis Aufmerksamkeit zurück.

»Im Safe.«

»Wo steht der?«

»In der Praxis hinten im Medikamentenraum.«

»Könntest du bitte zur Sicherheit nachschauen, ob es noch dort ist?«

Langsam stand Andi auf und verschwand. Romys Blick wanderte zur Decke. Es schien, als ob sie den Himmel nach dem Grund des Ganzen befragte.

»Bist du gläubig, Max?«, entfuhr es ihr, ohne sich ihm zuzuwenden.

»Das ist nicht so einfach zu beantworten. Bist du's denn?«

»Nein.« Sie schüttelte ihren Kopf.

Vermutlich erwartete sie von Max keine Antwort mehr, aber er hatte das Gefühl, als wäre er ihr in dieser Situation eine schuldig. »Ja, ich glaube. Also zumindest an eine höhere Macht, nicht unbedingt an Gott. Und ich denke auch, dass es nach dem Tod für uns irgendwie weitergehen wird.«

»Tröstliche Vorstellung. Aber ich kann damit nix anfangen.«

»Is des auch die Sichtweise vom Andi?«

Romy nickte. »Da denken wir in die gleiche Richtung.«

Schritte näherten sich vom Gang, bis Andi in der Türe erschien. »Der Apparat ist weg.«

Hier passten die Puzzleteile zusammen. Hias Spögler hatte gestern Abend das Werkzeug für sein eigenes Ende in der Tasche gehabt. Max und Fäustl wechselten einen kurzen Blick.

»Kann ich ihn noch mal sehen?« Langsam, aber gefasst stellte Andi diese Frage in den Raum.

Als das tote Gesicht Spöglers wieder in Max auftauchte, spürte er, wie sich seine Brust verengte. »Willst du das wirklich?«

»Ich muss, sonst kann ich die Sache nicht begreifen.«

»Nach der Obduktion wird es garantiert möglich sein. Würdest du dich bitte noch einen Augenblick zu uns setzen?«

Zögerlich nahm Andi wieder an Romys Seite Platz.

»Gab es irgendwelche Gründe für ihn, sich umzubringen?«

Andi wirkte irritiert, so als hätte er Max' Frage nicht verstanden. »Ich meine Schulden oder Depressionen oder etwas in dieser Richtung?«

Andi schüttelte seinen Kopf und sagte dann im Brustton der Überzeugung: »Keinesfalls.«

»Hatte dein Vater Feinde?«

Es folgte eine längere Pause, denn anscheinend suchte Andi nach den richtigen Worten. »Diese Frage musste ja kommen. Wenn ich jetzt meine Vermutung äußere, dann ... dann verdächtige ich doch automatisch jemanden, oder? Der Papa wollte diese Sache nicht an die große Glocke hängen. Vielleicht haben die gar nix damit zu tun. Aber es würde zu diesen ...« Seine Stimme versagte ihm kurz. »Zu diesen Menschen passen.«

»Erzähl einfach.«

Unsicher wanderten Andis Augen durch den Raum. »Natürlich gibt es Neider. Die kommen automatisch, wenn man Erfolg hat. Aber da ist noch eine alte Geschichte, von der wir immer wieder heimgesucht werden.« Mit der Hand griff Andi in seine Hosentasche, zog ein Mobiltelefon hervor und tippte darauf herum, bis er gefunden hatte, wonach er suchte. »Hier sind die Fotos.« Er reichte sein Handy an Max weiter, der die Augenbrauen hob und die Hand zu Fäustl streckte, um seinen Kollegen einen Blick auf das Display werfen zu lassen.

»Wie alt sind die?«, fragte Max.

»Ein halbes Jahr«, schaltete sich Romy ein und musste schlucken.

Auf dem Mobiltelefon war die Außenwand von Spöglers Haus zu sehen. Mit grüner Farbe hatte jemand »Sau« darauf gesprüht.

»Ward ihr damit bei der Polizei?«, meldete sich nun Fäustl zu Wort und schob eine weitere Schokokugel in den Mund.

»Des wollte der Papa nicht«, gab Andi leise zur Antwort.

»Schickst du mir die Bilder bitte auf mein Handy? Wer, glaubt ihr, steckt da dahinter?« Max legte sein Mobiltelefon auf den Tisch und aktivierte die Bluetooth-Verbindung.

Seufzend ließ sich Andi zurück in den Sessel fallen und machte sich ebenfalls an seinem Telefon zu schaffen. »Die Menharts.«

»Wer is das?«

»Früher hat der Papa das Vieh von ihrem Hof betreut, bis …« Diesen Worten ließ Andi nichts weiter folgen. Er starrte stoisch Richtung Garten, als wäre er mitten in der Bewegung eingefroren.

»Bis …«, forderte ihn Max auf weiterzureden, doch Andi zeigte keine Regung. Also ergriff seine Frau das Wort.

»Hias hat sich nicht nur um die Tiere der Menharts gekümmert, sondern auch um den Alten selbst. Das geschah aber auf den ausdrücklichen Wunsch vom alten Menhart hin. Hier in der Gegend gehen Bauern nicht zum Arzt, weißt ja, wie die so drauf sind. Das regelt alles der Veterinär, wenn er schon mal da ist. Der alte Menhart hat angeblich immer betont, dass er bloß den Hias um ärztlichen Rat bittet und noch nie eine Praxis von innen gesehen hätte.«

Dass Bauern Tierärzten gegenüber größeres Vertrauen entgegenbrachten als der Schulmedizin, war für Max kein Geheimnis. »Läuft des bei euch immer noch so ab?«

»Ich bin doch ned bescheuert«, knallte es unerwartet heftig aus Andi heraus. Sein Oberkörper schnellte hoch wie ein Pfeil. Nach drei großen Schritten blieb er an einer schwarzen Kommode stehen, öffnete die oberste Schublade und zog eine Packung Zigaretten heraus. Seine Finger zitterten, als er einen Glimmstängel herausnahm und in den Mund steckte. Dabei ging er zur Terrassentür, drehte den Griff, trat mit einem Bein ins Freie und zündete die Zigarette an. Nach den ersten Zügen schien er sich zu entspannen.

»Auf jeden Fall«, fuhr Romy ruhig fort, »ist der alte Menhart verstorben und seine Familie hat den Hias dafür verantwortlich gemacht. Seither versuchen sie, uns das Leben, wo es nur geht, zur Hölle zu machen.«

»Also war das nicht der einzige Vorfall?«, schloss Max aus ihren Worten.

»Nein.«

»Was ist noch so alles passiert?«

»Unser Hund wurde vergiftet. Eine aufgeschlitzte Katze hab'n sie vor den Eingang der Praxis gelegt. Aber es gibt keine Beweise, dass wirklich die Menharts dahinterstecken.«

»Einfach eine asoziale Bagage!«, warf Andi ein.

Max hob den Kopf. »Wie sind die denn draufgekommen, dass euer Vater für den Tod des alten Menhart verantwortlich sein könnte?«

Plötzlich hatte Max Fäustls Hand auf dem Oberarm. »Du, mir kommt da grad was. Deswegen ist gegen den Hias sogar von unserer Seite ermittelt worden.«

»Echt? Wann?« Das war eine Information, die alles in neuem Licht erscheinen ließ. Die Ermittlungen mussten mehr als ein Jahr zurückliegen, denn wäre es nach seinem Dienstantritt in Mühldorf gewesen, hätte es seine Abteilung betroffen.

»Vor ungefähr fünf Jahren, wenn ich mich nicht täusche, oder?«, erinnerte sich Fäustl und versuchte, sich durch einen Blick bei Andi zu vergewissern. »Es ging um den Tatbestand der fahrlässigen Tötung.« Fäustls Finger machten sich daran, eine weitere Kugel von ihrer Schutzfolie zu befreien. War es denn nicht einmal möglich, dass eine gemeinsame Befragung stattfand, ohne dass der Fäustl etwas essen musste? Max hätte am liebsten nach der Süßigkeitenschale gegriffen und sie außerhalb der Reichweite seines Kollegen platziert.

»Das war eine gemeine Verleumdung, mehr nicht. Die wollten den Papa kaputtmachen.« Energisch warf Andi seine Kippe in den Garten.

»Moment, präzisier des mal für mich, bitte«, wandte sich Max an den kauenden Fäustl. »Ich hab grad null Ahnung.«

Man konnte Fritz ansehen, dass er in seinem Gedächtnis kramte. »Moment.« Er schluckte. »Du stellst Fragen.« Nachdenklich massierte er seine Nasenwurzel. »Die Staatsanwaltschaft hat sich damals gegen eine Anklage entschieden, weil die Beweislage nicht ausreichte. Bei der angeordneten Obduktion, aufgrund der Aussage von Menharts Familie, ist nämlich gar nix gefunden worden.«

»Was hätte denn gefunden werden sollen?« Ungeduldig verlagerte Max sein Gewicht von einer Pobacke auf die andere.

»Lass mich mal ausreden«, sagte Fäustl in beschwichtigendem Ton. »Menharts Frau hat behauptet, dass der Spögler ihrem Mann über Jahre Vitamine gespritzt hat.«

Mit einem Krachen flog die Terrassentür zu. »Herrgott, das wollte der so!« Andi stampfte mit dem Fuß auf den Boden.

Unbeirrt machte Fäustl weiter. »Sie wäre dabei gewesen, wie er ihrem Mann kurz vor seinem Tod aber eine völlig andere Ampulle verabreicht hat, was schlussendlich zu seinem Herzstillstand führte.«

»Die alte Hexe hat sich was zusammenfabuliert, dass der Papa die Vitamine mit Kaliumchlorid verwechselt hätte, was wir auch zum Einschläfern hernehmen«, redete sich Andi in Rage. »Vollkommen aus der Luft gegriffen. Der Papa mit seiner Erfahrung verwechselt doch so was nicht.«

Triumphierend schnippte Fäustl mehrmals hintereinander in die Luft. »Stimmt, Kaliumchlorid, das war's.«

»Die Rechtsmedizin hat nix davon gefunden«, wurde Andi lauter.

Mahnend hob Fäustl seinen Zeigefinger. »Genau. Und weil sie eben nix gefunden haben, sind die Menharts so sicher, dass euer Vater trotzdem schuldig ist, weil …«

»War er aber nicht. Was du da sagst, ist absurd.« Andis Stimme überschlug sich.

Fäustl begann von Neuem. »Im Abschlussbericht stand nämlich, dass, falls eine Vergiftung durch Kaliumchlorid stattgefunden hat, es nicht mehr nachzuweisen wäre. An dieser Substanz beißt sich nämlich jeder Rechtsmediziner die Zähne aus. Nachweis extrem schwierig, wenn nicht sogar unmöglich. Und diesen Umstand nehmen die Menharts jetzt als Beweis dafür, dass es eben dieses Mittel gewesen sein muss. So war das, genau.«

Max runzelte die Stirn. »Klingt ja nach einem Paradies für jeden Giftmörder. Und die Logik der Menharts, na ja. Aber Hinterbliebene haben ja oft ihre eigene Sicht der Dinge.«

Nachdenklich wandte Romy ihr Gesicht ihm zu, ohne dabei Max wirklich anzuschauen. Ihre Worte klangen resigniert, als hätte sie sich bereits vor langer Zeit mit den unheimlichen Umständen arrangiert. Im Gegensatz zu ihrem Mann, der vor Wut kochend im Raum stand, behielt sie die Beherrschung. »Und dann haben bei Hias und Andi ums Haus die komischen Vorfälle angefangen. Es ist nicht nur einmal was an die Wand gesprüht worden, auch wie ich dann schon eingezogen war. Und das mit dem Bene war dann natürlich der Gipfel.«

»Bene?«

»Ja, unser Hund«, kam Andi seiner Frau zuvor.

»Warum in drei Teufels Namen seid ihr damit nicht zur Polizei?« Max wollte es einfach nicht in den Sinn, wieso man bei einer derartigen Häufung von Grausamkeiten seinen Mund hielt und nicht um Hilfe bei der örtlichen Exekutive bat.

»Papa hat gesagt, das ist sein Bier und er will es nicht. Aus, Äpfel, Amen!« Donnernd klatsche Andis Hand auf die Ablagefläche der Kommode.

*

»Gummibärchen?« Auffordernd hielt der Fäustl ihm eine kleine Tüte vors Gesicht, die er eben aus dem Handschuhfach des Dienstwagens gekramt hatte. Beide waren nach der nervenaufreibenden Unterhaltung mit Andi Spögler zum Brauereigasthof zurückgekehrt, wo Max' Fahrzeug stand. Angewidert verzog dieser sein Gesicht. »Danke.« Er öffnete die Beifahrertür.

Gleichgültig zuckte Fäustl mit den Schultern und nahm eine Handvoll heraus. »Ich muss aufpassen, nicht in den Unterzucker zu geraten.« Zwei kurze Schmatzer und er schluckte die Portion im Ganzen hinunter. Wenn der Fäustl so weitermachte, war er bald eine ernst zu nehmende Konkurrenz für Ottfried Fischer. »Der Bulle von Altötting« klang gar nicht mal so schlecht. Schweigend betrachtete Max das Armaturenbrett, das von einer gleichmäßigen Staubschicht überzogen war. Kopfschüttelnd stieg er aus und ging zielstrebig auf die Brauerei zu. Hinter seinem Rücken hörte er, wie sich Fritz unter einem angestrengten Stöhnen aus dem Wagen hievte.

Die weißen Männer von der Spurensicherung waren inzwischen zur Lagerhalle hinter der Betonrampe vorgedrungen, um vermeintliche Spuren zu sichern. Gelbe Bierträger, die das Logo der Brauerei zierten, bildeten darin Wände von unterschiedlicher Höhe. Dahinter waren mattsilbrig glänzende Fässer für Zapfanlagen bis zur Decke zu meterhohen Metallsäulen gestapelt. Die Geschmacksnote von bitterem Hopfen erfüllte die kühle Luft.

Max blickte im Vorbeigehen hinunter auf den Wendeplatz und erkannte ein Auto mit Münchner Kennzeichen, das in der Früh dort noch nicht geparkt gewesen war. Sicher die Rechtsmedizin. Frau Dr. Rupprecht musste zur Spurensicherung gestoßen sein. Aus der Halle drang ein weibliches Lachen, welches er ohne zu überlegen zuordnen konnte. Binnen Millisekunden kletterte seine Stimmung nach oben. Mit großen Schritten passierte er die Betonrampe, ohne seine Augen auf Spöglers Leiche zu senken, und eilte in die Halle, wo er tatsächlich Dr. Rupprecht und Toni Staudt, den Leiter der Spurensicherung, entdeckte. Beide waren trotz des ernsten Falles amüsiert in ein Gespräch vertieft. Die Erzählung des Spusi-Toni schien auf ihrem Höhepunkt angelangt zu sein, denn die Frau Doktor lachte aus vollem Herzen.

Diese Frau gefiel ihm seit ihrem ersten Zusammentreffen in den Räumen der Rechtsmedizin. Sie war einen Kopf kleiner als er, hatte dunkle lange Haare, grüne Augen und eine sportliche Figur zum Dahinschmelzen. Fälle, die ein Zusammentreffen mit ihr beinhalteten, waren für Max zu Höhepunkten in seinem Berufsalltag geworden. So hatte jede Leiche auch etwas Gutes.

Er schlenderte lässig mit ausgestreckter Hand auf Frau Dr. Rupprecht zu, und als sie ihn bemerkte, huschte ihr ein Lächeln übers Gesicht. Max' Puls beschleunigte sich.

»Kommissar Kramer, ich habe mich schon gefragt, wo Sie denn stecken.«

Beiläufig fuhr er sich durch die Haare. »Wir mussten zu den Angehö…« Das letzte Wort blieb ihm im Hals stecken, denn sein linkes Hosenbein war an einem der unzähligen Bierkästen hängen geblieben. Er taumelte kurz und fiel der Ärztin in die Arme. Fast wäre sie selbst von der unerwarteten Begrüßung zu Boden gerissen worden, doch der Spusi-Toni stärkte ihr geistesgegenwärtig den Rücken.

»Mein Gott, bist du heut stürmisch, Kramer«, sagte der Toni, als Max sich vor ihnen wieder aufrappelte. Sachte klopfte der Leiter der Spurensicherung Frau Dr. Rupprecht auf beide Schultern. »Das kann nur an Ihrer Erscheinung liegen.« Nun grinste er dreckig. Da schwang eindeutig Schadenfreude mit.

Wie Max der Ärztin nun gegenüberstand und Luft für eine Entschuldigung holen wollte, hatte ihn der Fäustl eingeholt. »Was für ein Stunt«, scherzte er. »Hat von hinten ausgesehen, als würde ein brunftiger Hirschbock zu einem Hechtsprung ansetzen.«

»Sehr witzig.« Max biss die Zähne zusammen. Seine Kollegen ließen auch nicht eine Chance verstreichen, um ihn vor dieser Frau auf den Arm zu nehmen. Jedes Mal, wenn er Dr. Rupprecht begegnete, endete es in einer gefühlten Katastrophe. Die Anstrengungen, wie ein Held zu wirken, waren bei ihr von einem Fluch belastet. Vielleicht sollte er das bisher Geschehene einfach mit Humor nehmen und die Peinlichkeit überspielen. »Tut mir wirklich leid, Frau Doktor.« Krampfhaft verzog er seine Mundwinkel, um gute Miene zu simulieren. »Vielleicht hätte ich den Frühschoppen auslassen sollen«, fügte er ironisch hinzu.

»Ach, alles halb so wild. Und für Ihren Gesichtsausdruck würde ich glatt fünf Euro bei einer Wiederholung bezahlen. Sie sahen gerade echt mitleiderregend aus.«

Das wurde ja immer schlimmer. Das Wort »mitleiderregend« traf ihn wie eine Ohrfeige. Er hielt ein paar Sekunden die Luft an und suchte krampfhaft nach einem Ausweg, um dieser unangenehmen Situation ein Ende zu setzen. Max entschied sich für die einfachste Lösung: Themenwechsel. »Toni, habt ihr irgendwas in der Halle oder draußen gefunden?«

»Nein, weder hier noch davor. Das Rolltor ist über Nacht versehentlich nicht runtergefahren worden. Frau Dr. Rupprecht geht von einem Tötungsdelikt aus und da ist es naheliegend, dass sich der Täter hier vielleicht versteckt und seinem Opfer aufgelauert hat, aber im Moment sieht es nicht danach aus.«

»Habt ihr denn schon den Beweis, dass es Mord war?«

»Ja«, antwortete Dr. Rupprecht. »Der Schussapparat wurde auf dem Hinterkopf des Opfers aufgesetzt. Bei einem Selbstmord hätte das Opfer nach vorne fallen müssen, aber wie Sie selbst gesehen haben, liegt es auf dem Rücken. Stellen Sie sich mal die Szenerie eines Suizids vor: Das Opfer will sich selbst töten, also beugt es den Kopf und drückt ab. Die Energie des Bolzens hätte das Opfer aufs Gesicht knallen lassen müssen.«

Das leuchtete ein. »Wie, denken Sie, war der genaue Tatablauf?«

»Der Täter war dem Opfer sehr nahe«, fuhr Dr. Rupprecht fort. »Beide hatten sicher Körperkontakt, vielleicht sogar eine Umarmung. Der Oberkörper des Täters bremst also nach dem Schuss den Fall des Opfers, es kann nicht nach vorne umkippen. Danach legt er das Opfer auf den Rücken.«

Im Hintergrund räusperte sich der Spusi-Toni. »Deshalb haben wir die Kleidung des Toten bereits nach Fremdfasern abgesucht, aber bisher Fehlanzeige.«

Max wandte sich wieder an die Rechtsmedizinerin. »Nach Aussage der Wirtin hat sich das Opfer gestern hier ordentlich betrunken.«

»Na, sehen Sie: Wenn man richtig angetrunken ist, bezweifle ich, dass man so einen Apparat noch ordentlich laden und entsichern kann. Das ist etwas knifflig. Sobald die Leiche bei mir auf dem Tisch in München liegt, rufe ich Sie an. Den Blutalkoholspiegel hab ich schnell ermittelt.«

So viel Detailkenntnis über die Waffe hatte Max der Ärztin ad hoc gar nicht zugetraut. »Gab es in Ihrem Bereich schon mal so eine Todesursache?«

»Schlachtschussapparat?«

»Ich meine Bolzenschussgerät.«

»Das ist Umgangssprache. Meine Bezeichnung ist offiziell. Nein, das ist mir noch nie untergekommen. Also früher schon, muss ich zugeben.«

»Wie meinen Sie das?«

»Ja, bei Tieren. Bauernhofkind«, setzte sie lächelnd als Erklärung hinzu und tippte auf ihre Brust.

Max' erste Eingebung von heute Morgen war bestätigt. Mord. Und schon wieder tauchte Spöglers blasses Gesicht vor seinem inneren Auge auf. Frau Dr. Rupprecht griff nach seiner Hand und riss Max aus seinen Gedanken.

»Ich muss wieder nach München. Wir telefonieren.«

Fäustl und der Spusi-Toni nickten der Ärztin zu, die mit flotten Schritten aus der Halle verschwand und, kurz bevor sie draußen war, ihnen ein Winken zuwarf.

»Glaub mir's, Kramer, diese Frau ist teuer im Einkauf und noch teurer im Erhalt«, wandte sich der Fäustl an Max.

»Was willst'n mir damit unterstellen, Fritz?«

»Des ist doch ein offenes Geheimnis, dass du auf sie stehst.«

»So, isses das?«, entgegnete Max giftig.

»Und das ist uns allen wurscht«, versuchte der Spusi-Toni, die Situation zu entspannen.

Plötzlich fasste sich der Fäustl an die Brust und verzog sein Gesicht, als ob er Schmerzen hatte. »Seit ein paar Tagen überkommt mich immer wieder so ein stechendes Gefühl.«

»Kein Wunder, bei den Kalorienmengen, die du so über den Tag verteilt in dich reinschaufelst.«

»Ganz ehrlich geht dich das nix an, Kramer.«

»Und ich sag dir ganz ehrlich, dass du auf einen Herzinfarkt zusteuerst. Tu mal was dagegen! Bis

Ostern könntest du die Fastenzeit wörtlich nehmen.«

»Kramer, bitte«, mahnte ihn der Spusi-Toni, nicht weiterzureden. Ungebetene Ratschläge kamen unter Kollegen nicht gut an.

»Deine Fressereien gehen mir echt auf den Senkel«, setzte Max hinzu.

Fäustl wurde ernst. »Du bist anscheinend immer noch Katholik. Ich bin evangelisch, und wir fasten freiwillig und nicht aus einem kirchlichen Zwang heraus. Punkt!«

»Ich lass euch jetzt allein. Anscheinend habt ihr was zu klären.« Der Leiter der Spurensicherung verschwand zwischen Bierkästen und Fässern.

»Is doch wahr. Fritz, du marschierst jetzt mal zum Arzt und dann fängst du schleunigst mit einer Diät an.«

»Ich muss dir ganz klar sagen, dass dich das einen Dreck angeht, was ich tue.«

»Du hast dich nicht mehr im Griff. Bei dir geht es in einer Tour nur ums Essen. Vorher Salamisemmel, dann Schokokugeln bei den Spöglers, dann Gummibärchen, aber natürlich gleich die halbe Packung …«

Beleidigt vergrub der Fäustl seine Hände in den Taschen seiner Strickjacke. »Wir haben beide Sachen, die uns aneinander stören. Aber um des lieben Friedens willen sollten wir darüber einfach schweigen. Ich mach meine Arbeit und du machst deine, und gemeinsam machen wir im Team eine gute Arbeit. Punkt.«

Das saß. Im Gesicht seines Kollegen erkannte Max, wie elend sich dieser fühlte. Warum hatte er das Gespräch gerade so eskalieren lassen? Fäustl tat ihm leid und einen wirklichen Grund, auf ihn wütend zu sein, hatte er nicht. Seitdem ihn seine Frau hatte sitzen lassen, fühlte sich Fäustl aus der Bahn geworfen, wie er Max in mehreren Gesprächen anvertraut hatte. »Ja, Fritz, Entschuldigung. Vergiss es bitte.« Max machte kehrt, um zur Betonrampe zu gehen.

*

Es gab diese nonverbale Abmachung zwischen ihnen, keinerlei ungebetene Empfehlungen auszusprechen, die hatte er gebrochen. Max' schlechtes Gewissen breitete sich in seiner Magengrube aus. Sein Kollege hatte recht, es stand ihm nicht zu, ihn zu maßregeln. »Gott schütze mich vor den Menschen, die es gut mit mir meinen.« An diesen wahren Satz seines Vaters musste er unaufhörlich denken. Aber er hatte wirklich alles nur aus ehrlicher Besorgnis ausgesprochen. Ja, Ratschläge von Kollegen sind selten Rat und meistens Schlag. Genau so waren seine Worte beim Fäustl angekommen. Mist!

Auf dem Weg nach draußen hörte er Schritte hinter sich. Es war unverkennbar der Spusi-Toni und nicht der Fäustl, der ihm folgte, denn durch seinen weißen Ganzkörperanzug und seine ihm eigene Gangart gab er dieses charakteristische Rascheln von sich.

»Kramer, wart einmal.«

Als sich Max umdrehte, sah er, wie der Toni einen flüchtigen Blick hinter sich warf. Er blieb stehen, bis der Toni sich neben ihm befand. Aus dem kurzen Blick auf die Stelle, wo er gerade mit Fäustl die Auseinandersetzung gehabt hatte, schloss er, dass dem Toni wohl kein Wort entgangen und er bis zum Ende der Unterhaltung in ihrer Nähe verblieben war. Fäustl hatte sich inzwischen umgedreht und betrachtete nachdenklich die Wände der Lagerhalle.

»Können wir kurz reden?«, fragte Toni und zeigte auf das offene Tor.

Max folgte ihm zur Betonrampe. Zwei Männer von der Spurensicherung standen dort am Ende und zogen an einer Zigarette, die sie sich teilten. Der Toni wartete, bis beide geendet hatten und um die Ecke zu ihrem Dienstwagen verschwunden waren. Erst als er hörte, wie der Motor ansprang, und er sich noch einmal vergewissert hatte, dass auch der Fäustl außer Hörweite war, sagte er: »Jetzt pass a mal auf.«

»Ja, ich weiß schon, ich darf ned immer so direkt sein.«

»Ach, vollkommen egal. Mei, durch Vorwürfe kommt man bei dem nicht weiter.«

»Das ist mir klar, aber ich mach mir halt Sorgen um ihn und hab einfach keinen blassen Schimmer, wie man den Fäustl dazu bringen könnte, etwas mehr auf sich zu achten.« Max seufzte und blickte hinab auf seine Schuhe, die zeitnah geputzt werden sollten, wie er feststellte.

»Genau darüber wollte ich mit dir reden«, sagte Toni.

»Was man tun kann, damit der Fäustl wieder zu seiner alten Form zurückfindet?«

»Besser hätte ich es ned formulieren können.«

»Also?«

»Also«, wiederholte der Toni, »es ist so: Offensichtlich ist der Fritz gerade total frustig. Seine Psyche schlägt sich in seinem Essverhalten nieder.«

Max nickte zustimmend.

Toni Staudt vergewisserte sich erneut, dass niemand in der Nähe war, der sie hätte belauschen können. »Für mich gibt's da nur eine Lösung. Ich bin mir aber nicht sicher, ob du davon begeistert sein wirst. Soll ich trotzdem weiterreden?«

»Ich bitte darum«, sagte Max.

»Sex.«

»Sex?« Max sah sich demonstrativ um, dann fragte er: »Hältst du es wirklich für klug, dass wir hier dieses Thema anschneiden?«

»Ort und Zeit sind dafür völlig wurscht. Es wird höchste Zeit, dass der Fritz mal an was anderes denkt als an seinen Frust. Sex is genau das richtige Thema, um ihn auf neue Gedanken zu bringen, des weißt du genauso gut wie ich. Nenn es Liebe machen, Leidenschaft ausleben, pimpern, bumsen, sich binden, egal, am Ende läuft alles auf dasselbe raus. Der Fritz braucht ein Ziel seiner Begierde, damit er sich ändert und ned immer alles durch die schwarze Brille sieht. Sonst hört der nie auf, diese Mengen in sich reinzustopfen.«

Max' Augen wurden schmal. »Du meinst, der Fäustl braucht eine Frau?«

»Japp. Er braucht ein Liebesleben. Jeder braucht ein Liebesleben. Hast du ihn schon mal erlebt, wie er noch eines hatte?«

»Toni ...« Max biss sich auf die Unterlippe. »Der Fäustl is so enttäuscht worden. Is dir vielleicht irgendwann in den Sinn gekommen, dass es Männer auf dieser Erde gibt, die keine Frauen mehr wollen?«

Der Spusi-Toni machte abrupt einen Schritt rückwärts und sah ihn stirnrunzelnd an. »Kramer, willst du etwa damit sagen, dass der Fritz asexuell geworden ist? Na? Was dann? Er is doch ned etwa ... Das ist absolut lachhaft. Immerhin war er verheiratet mit einer Frau ...« Er unterbrach sich und wurde nachdenklich. »Andererseits er hat zwei Katzen. Und manchmal trägt er diese rosa Hemden. Aber trotzdem ...«

»Immer lustig, dich zu beobachten, wenn deine Fantasie mit dir durchgeht, du Volldepp.«

Der Spusi-Toni wirkte leicht irritiert, was äußerst selten vorkam, doch er hatte sich schnell wieder im Griff. »Ja, des war gerade absoluter Krampf.« Nun musste er sogar grinsen. »Der Fritz steht auf keine Männer.«

Kopfschüttelnd tippte Max sich an die Schläfe. »Rosa Hemden. Du sitzt auch jedem Klischee auf. Tut mir leid, Toni, aber die Geschichte muss ich echt den Kollegen erzählen. Rosa Hemden ...«

Der Spusi-Toni hob die Hand, um ihm zu verstehen zu geben, dass er nun zum Kern der Sache kommen wollte. »Du kannst dich doch noch schemenhaft an unsere Faschingsblaulichtparty erinnern?«

Ein leichtes Stöhnen überkam Max, denn daran wollte er eigentlich nicht zurückdenken. »Komm mir bloß nicht mehr mit deinem Amnesia. Dieser dreckige Cocktail, den du da erfunden hast …«

Hektisch winkte der Spusi-Toni ab. »Dass der dir die Lichter ausgeblasen hat, darüber will ich gar kein Wort mehr verlieren, Kramer. Aber der Fritz ist damals mit der Mieze aus der Verwaltung abgezogen. Klingelt's?«

Langsam dämmerte es ihm, worauf diese Unterredung abzielte.

»Wir sollten ihm helfen, das wieder aufzuwärmen«, fuhr der Spusi-Toni fort. »Meinst ned? Ich kenn den Fritz, wenn er glücklich ist, da hat der sich voll im Griff und joggt sogar.«

»Das macht er jetzt einmal im halben Jahr auch.«

»Ich spreche von täglich.«

Vielleicht war das gar kein so dummer Einfall vom Toni. Vielleicht sogar die zündende Idee. Vor Max' innerem Auge erschien Fäustl debil lächelnd mit einem großen Blumenstrauß in den Händen. »Da werden wir aber ziemlich geschickt vorgehen müssen.«

»Kramer, ich biete mich an, dieses Projekt zu meinem zu machen.«

»Und du bist dir wirklich sicher, dass des beim Fäustl auf fruchtbaren Boden fällt und er es ned in den falschen Hals bekommt?«

Auf seinen Lippen breitete sich ein wissendes Lächeln aus. »Vertrau mir einfach.«

II. DORNEN, DISTELN NUR – GLÜH'NDER SAND

Monsignore Hirlinger stand später als gewohnt auf. Er hatte sich um eins ins Bett gelegt und war gegen drei aufgewacht, weil das Festbier des Mooser Bräu ihm keinen tiefen Schlaf gönnen wollte. Nach mehreren Versuchen in unterschiedlichen Positionen war er um halb fünf wieder ins Reich der Träume abgeglitten. Das hatte zur Folge, dass er seinen Wecker um acht ignorierte und auf stumm schaltete. Nun war es kurz vor zehn.

Er setzte sich, den Kopf in die Hände gestützt, auf die Kante seines Bettes und blickte auf die geschlossenen Vorhänge. Dahinter erahnte er bereits das Licht dieses Spätvormittags, welches ihm mitteilte, dass er wohl verschlafen hatte. »Heilige Maria, Mutter Gottes!«

Seine Finger griffen zu den in seinen Gehörgang gequetschten Ohrenstöpseln. Eine Vorsichtsmaßnahme vor dem Schlafengehen, denn seine Haushälterin Fräulein Schosi schnarchte in ihrer Wohnung unter ihm so laut, dass es manchmal klang, als würde er mit ihr ein Bett teilen.

Kaum war er akustisch wieder in der Welt angekommen, musste er feststellen, dass seine Haushälterin die Fensterscheiben in ihrer Wohnung putzte. Nicht weil die Geräusche von Lappen und Zeitungspapier, die sie grundsätzlich für diese Tätigkeit verwendete, so einen durchdringenden Lärm verursachten, sondern weil Fräulein Schosi bei dieser Arbeit immer das gleiche Lied anstimmte. »Im Frühtau zu Berge wir zieh'n, fallera …« Seine Miene fror ein. »Es grünen die Täler und die Höhn, fallera …« Er wusste, dass dieses Musikstück in Fräulein Schosis Interpretation nicht drei, sondern zwanzig Strophen hatte. Normalerweise bemühte er sich, nicht zu Hause zu sein, wenn diese musikalische Putzorgie über die Bühne ging, aber heute musste er diese wohl oder übel ertragen.

Hirlinger schlurfte zu seinem Bad, duschte und zog sich an. Durch seine Fenster beobachtete er den trüben Himmel, der in der Ferne etwas Blau durchschimmern ließ. Die Sonne stand hinter einer großen Wolkenfront. Irgendwann an diesem Tag würde sie noch erscheinen, so hoffte er. Als er danach seine Küche betrat, war Fräulein Schosi bei »Ännchen von Tharau ist's, die mir gefällt …« angekommen. Ein untrügliches Zeichen, dass sie nun daran war, die Böden feucht zu wischen.

Wenn er dem großen Opern- und Oratorienmedley entgehen wollte, musste er seine Räumlichkeiten verlassen, bevor sie sich an die Vorbereitungen für das gemeinsame Mittagessen machte. Seine Haushälterin besaß diese neue CD, die ihn immer wieder auf die Prüfung stellte. Ein modernes Oratorium. »Wo Dornen und Disteln zu Hause sind« lautete der Titel. Im Schosi-Bass gesungen fühlten sich die Töne leider auch wie Stacheln an seinem Trommelfell an. Hirlinger wunderte es, dass die Nachbarn sie noch nie wegen seelischer Grausamkeit verklagt hatten. Es wäre sicher angenehmer gewesen, eine große Baustelle mit Presslufthammer vor dem Haus zu haben, als Fräulein Schosis Sangeskünsten weiter zu lauschen. »... mein Blut und mein Geld.« Kurz spielte er mit dem Gedanken, sich wieder seine Ohrenstöpsel vom Nachttisch zu holen, doch diesen Plan konnte er nicht mehr in die Tat umsetzen. Es klingelte an seiner Wohnungstüre. Hirlinger betätigte die Gegensprechanlage. »Ja, bitte?« Nichts geschah, er wiederholte seine Worte.

»Joseph, ich brauche Sie«, kam nach einigem Zögern von einer jungen weiblichen Stimme.

Hirlinger spürte Erleichterung, denn er hatte den Klang der Stimme identifiziert. Also hatte sich Maria Evita doch dafür entschieden, ihrem Schweigen ein Ende zu setzen. Er drückte auf den Türöffner. Nach dem Surren hörte er sofort ein Klacken durch den Treppenaufgang hallen und ein paar Sekunden später stand die junge Novizin vor ihm.

Sie war sein Schützling, er offiziell ihr Beichtvater, wobei ihnen die Bezeichnung bester Freund oder Vertrauter wesentlich lieber war.

Der letzte Kontakt zwischen beiden hatte brieflich stattgefunden. Sie hatte ihn von der Sache mit ihrem

Exfreund Max in Kenntnis gesetzt und von ihrem Entschluss geschrieben, nun bis Ostern fürs Erste in sich zu gehen. Zu diesem Zweck wolle sie schweigend beten und überlegen.

Bis Ostern waren es noch zwei Wochen. Ihr vorzeitiger Abbruch musste einen triftigen Grund haben. Hirlinger trat beiseite und ließ Maria Evita zur Tür herein, die direkt seine Küche ansteuerte und an seinem Tisch Platz nahm. Im Vorübergehen sagte sie ein kurzes »Grüß Gott«. Ihre Begrüßungen waren schon herzlicher ausgefallen. Der Monsignore folgte ihr und setzte sich wortlos dazu. Ihre Hände waren in den Taschen ihres Habits vergraben. Wie ein trotziges Kind, schoss es Hirlinger durch den Kopf. »Wie kann ich dir helfen?«

Sie legte den Kopf schief und sah zum Fenster hinaus, wo in diesem Moment die Sonne hinter den Wolken hervortrat und alles in hellem Licht beschien. »Ich brauche eine Auszeit.«

»Aha.« Hirlinger stand auf. »Ich mach uns einen Kaffee. Was hältst du davon?«

»Mit Milch und viel Zucker.«

Solange er sich mit seiner Kaffeemaschine beschäftigte, sagte Maria Evita kein Wort, auch ihre Mimik schien zu schweigen. Erst als sich eine laut schimpfende Amsel auf das Fensterbrett setzte, kam Bewegung in sie. »Vielleicht sollte ich für einige Zeit in ein anderes Kloster ziehen.«

»Um weiter nachdenken zu können? Oder um vor Max wegzulaufen?«

»Ich finde es gerade unerträglich bei uns. In allen Blicken sehe ich einen Vorwurf. Die Mutter Oberin …«

»Glaube mir, kein Mensch macht dir einen Vorwurf. Keine deiner Schwestern und der Herrgott auch nicht. Erstens war es nicht deine Schuld, dass es zu dem Kuss gekommen ist, und zweitens bereust du aufrichtig, dass du es der ehrwürdigen Mutter gegenüber mit der Wahrheit nicht so genau genommen hast.«

»Ich habe gegen ein Gebot Gottes verstoßen.«

»Der dir verzeiht. Wir alle sollen uns bemühen, nach Gottes Geboten zu leben, aber manchmal klappt's halt nicht. Jetzt sei mal nicht so streng mit dir. Wobei das kein Freibrief für weitere Unwahrheiten sein soll.« Hirlinger hatte inzwischen zwei Tassen Kaffee, einen Tetra Pak Milch und seine Zuckerdose auf einem Tablett angerichtet und trug es zum Küchentisch hinüber. Vom Treppenaufgang vor seiner Wohnungstür drang plötzlich ein unmelodisches »Am Brunnen vor dem Tore« an sein Ohr. Fast entglitt ihm das Tablett, er zuckte und gerade noch rechtzeitig erreichte er den Tisch und ließ es mit einem lauten Krachen vor Maria Evita auf die Tischplatte fallen.

»Was ist?«, fragte sie erschrocken.

»Ich habe vollkommen vergessen, dass sie die Holztreppe bohnern wollte.«

»Wer? Fräulein Schosi?«

Hirlinger schluckte verlegen. »Ich erkenne das am Lied. Dieses Martyrium kann jetzt eine gute Stunde dauern.«

Maria Evita sprang kurz entschlossen auf, öffnete die Wohnungstür einen Spaltbreit und steckte ihren Kopf durch den Schlitz. »Guten Tag, Fräulein Schosi. Könnten Sie bitte so freundlich sein und Ihre Arbeit um eine halbe Stunde verschieben?«

»Dann fang ich zu spät zum Kochen an. Was machen Sie eigentlich beim Monsignore?«, hörte Hirlinger seine Haushälterin durch die halb geschlossene Türe. Sie klang gereizt.

»Wissen Sie, wir führen hier ein wichtiges Gespräch«, sagte Maria Evita eine Spur freundlicher.

»Des Bohnern is gleich erledigt, des kann sie da oben in der Wohnung ned stören. Sie merken doch gar ned, was ich da heraußen tue. Na, na, na, des muss ich schon fertig machen, sonst kommt mein Zeitplan durcheinander.«

»Wir … wir … wir brauchen gerade absolute Ruhe. Ich zeige dem Monsignore, wie man richtig meditiert.«

»Medi… was?«

»Meditieren. Das ist eine Entspannungsübung, die sein Leben verlängern kann.« Maria Evita wusste, dass sie damit ins Schwarze traf. Alles, was für die Gesundheit des Monsignore in Fräulein Schosis Augen gut erschien, hatte grundsätzlich Priorität.

»Ach, wenn das so ist. Ja, dann verschieb ich des hier doch einfach auf morgen.« So leicht hatten sich das weder Maria Evita noch Hirlinger vorgestellt.

Gott sei Dank konnte Fräulein Schosi nicht erkennen, wie fest die junge Novizin den Rosenkranz in ihrer Tasche drückte. Aber Hirlinger erahnte es von hinten. Maria Evita interpretierte die Wahrheit eben öfter freier, als er es tun würde. Na gut, man konnte ihr Gespräch vielleicht auch als Meditation auslegen. Allerdings nur, wenn man auch die Hühneraugen zukniff. Maria Evita machte seit jeher, wie fast alle Bayern, einen großen Unterschied zwischen Lügen, Sünde – und Schwindeln, keine Sünde. Und das, was sie in diesem Augenblick tat, würde sie ihm gegenüber sicher als Schwindeln auslegen. So ganz gefiel ihm das nicht.

Als sie zu ihm zurückkehrte, setzte er eine strenge Miene auf. »Meditieren«, sagte er abfällig.

Sie blinzelte ihn unschuldig an. »Hätte ich vielleicht in aller Deutlichkeit darauf hinweisen sollen, dass ihr Gesang nervt?«

»Das hätte sie sehr verletzt.«

»Eben. Da greif ich doch lieber zu einer Notlüge.«

»Du wirst es mit unserem Herrn schon selber ausmachen. Ich muss dich anscheinend daran erinnern, wie schmerzlich du es vorher empfunden hast, gegen ein Gebot von ihm verstoßen zu haben.«

Vor dem Haus war es schlagartig dunkel geworden. Die Sonne hatte ihr kurzes Gastspiel beendet und die ersten Tropfen eines heftigen Frühlingsgewitters trommelten an die Scheiben.

»Ja, das stimmt schon.« Sie seufzte und rührte eine großzügige Portion Zucker in ihren Kaffee. »Glauben Sie, ich bin für ein Leben als Dienerin Gottes wirklich gemacht?«

»Ja«, gab Hirlinger ohne zu zögern als Antwort.

»Bei all meinen Schwächen? Was macht Sie da so sicher?«

»Dein Wesen.« Er lächelte sie an. »Unsere Gespräche, die wir bisher geführt haben. Deine Begegnung mit Gott, die dich zu deinem Eintritt bewegt hat.« Sein Leuchten in den Augen wurde intensiver. »Zweifel sind ganz normal, Maria. Wir alle zweifeln, und das ist zutiefst menschlich.«

Maria Evitas Blick kehrte sich nach innen. »Ich muss oft an meine verstorbenen Eltern denken. Glauben Sie, sie wären stolz, mich im Kloster zu wissen?«

»Es wäre ihnen auf alle Fälle lieber, als dir bei deinen Abstürzen zusehen zu müssen. Maria, du hast dich in deiner Jugend nicht geliebt. Die Drogen hätten dich fast umgebracht. Seitdem du mit den anderen Schwestern zusammenlebst, hast du dich wieder im Griff, und es scheint mir auch so, als wärst du endlich bei dir selbst angekommen.« Er griff nach ihrer Hand. »Warum willst du aus Altötting fort? Man kann vor nichts weglaufen, was man in sich trägt.«

Maria Evita veränderte ihre Sitzposition und zog ihre Hand zurück. »Sie halten es also für keine gute Idee?«

»Das habe ich nicht gesagt. Ich habe dir lediglich einen Denkanstoß gegeben.«

Als sie etwas entgegnen wollte, betätigte jemand draußen die Wohnungsglocke.

»Das geht ja heute zu wie im Taubenschlag«, sagte

Hirlinger und erhob sich. »Merk dir bitte, wo wir stehen geblieben sind.«

Er drückte den Knopf seiner Gegensprechanlage. Diesmal hörte Hirlinger eine männliche Stimme aus dem Lautsprecher knacken. »Monsignore, hier ist der Max Kramer. Bitte lassen Sie mich kurz rauf zu Ihnen. Es ist verdammt wichtig.«

✳

Etwa sechs Kilometer entfernt steuerte Fäustl zeitgleich seinen Wagen über den Marktplatz von Tüßling. Der Schauer, der plötzlich vom Himmel herunterprasselte, verlangsamte seine Fahrt erheblich. Nur mit großer Mühe vermochte sein Scheibenwischer auf der höchsten Stufe dieser Sintflut Herr zu werden.

Er riskierte einen kurzen Blick an sich herab. Max hatte mit der geäußerten Kritik gar nicht so unrecht gehabt, denn sein Bauch berührte beinahe das Lenkrad. Ja, auch seine Kondition ließ zu wünschen übrig. Seit der Scheidung hatte er sich gehen und den inneren Schweinehund gewinnen lassen. Aber nach einem anstrengenden Arbeitstag war die Couch einfach einladender als seine Laufschuhe oder eine sonstige Betätigung an der frischen Luft. Wenn er aß, musste er nicht über Melanie nachdenken. Und wenn sie sich doch wieder in sein Leben gemogelt hatte, sei es durch einen nervigen Anruf, wann er die restlichen Sachen endlich aus dem Keller räumen würde, oder durch eine scheinheilige Textnachricht, wie es ihm denn ginge, dann war Schokolade der beste Weg, sich wieder zu beruhigen. Am Herd war er von Spitzenleistungen weit entfernt. Seine Kenntnisse beschränkten sich auf Spaghetti aglio e olio, deshalb ersetzte er ein gesundes Abendessen oft durch Tiefkühlpizza mit extra Käse.

Max' Entschuldigung hatte er angenommen. A, weil er sich vermutlich wirklich Sorgen machte, und B, weil es keinen Sinn hatte, sich unter Kollegen zu streiten. Das kostete viel zu viel Energie. So hatten sie dann einvernehmlich ihre nächsten Schritte im aktuellen Fall besprochen. Alle, die gestern Abend mit Spögler in Kontakt standen, mussten der Reihe nach abgeklappert werden. Um Zeit zu sparen, hatten sie entschieden, getrennt die Betreffenden aufzusuchen. Max war fürs Erste zu Monsignore Hirlinger aufgebrochen und er zu Larissa Vermehr, der Landrätin, deren Familie das große Renaissanceschloss unweit des Tüßlinger Marktplatzes bewohnte. Im Landratsamt hatte man ihm gesagt, dass Frau Vermehr bereits nach Hause aufgebrochen sei und er es am besten direkt bei ihr privat versuchen solle.

Nach dem rosa Rathaus und der barocken Pfarrkirche bog er scharf rechts in den nicht asphaltierten Weg ein, der ihn direkt zum Schloss brachte. Sein Wagen überquerte eine kleine Brücke und fuhr durch das Torhaus. Zu beiden Seiten waren die ehemaligen Stallungen angebaut worden. Danach öffnete sich ein Vorplatz, zu dessen Linken das Schloss stand. Vier große Zwiebeltürme rahmten es ein.

Fäustl stellte den Motor ab und zog den Zündschlüssel. Er stieg aus in den Regen und musste gegen
den Wind ankämpfen, der alles daranzusetzen schien,
ihn vom Eingang fernzuhalten. Sein Weg führte
direkt auf eine große Front aus unzähligen Fens-
tern zu. Vom Dach stürzte der Regen herab, denn
die Rinnen wurden mit dieser Masse nicht mehr fertig. Er rannte auf das Tor zu, das von zwei Löwen, die
jeweils ein Wappen in ihren Klauen hielten, umgeben
war, und erspähte seitlich drei Klingelschilder. Zur
Sicherheit drückte er jeden Knopf. Es dauerte nicht
lange und das Tor sprang auf. Fäustl trat in einen
vom Regen geschützten Durchgang. Dahinter bot
sich ihm ein Blick auf einen wunderschönen Arka-
deninnenhof. In der Mitte geometrisch von Rasen,
Wegen und Efeu eingesäumt befand sich ein kleiner
Brunnen. Irgendwo öffnete sich ein Fenster, er hörte
Scharniere quietschen, die so schrill klangen, dass sie
das Regengeräusch übertönten. »Tischwäsche, erster
Stock! Kissen bleiben unten«, brüllte eine schlecht zu
verstehende Stimme.

Fäustl wandte sich nach rechts und fand eine Glas-
türe, die zu einem Treppenhaus gehörte. Oben auf
dem Gang angekommen, nahm ihn eine alte Dame
von schätzungsweise knapp siebzig Jahren in einem
schlichten schwarzen Kleid in Empfang. Vermutlich
war das Larissa Vermehrs Mutter. Die alte Gräfin
hatte Fäustl noch nie leibhaftig zu Gesicht bekommen,
angeblich lebte sie bei ihrer Verwandtschaft in Paris
und kam äußerst selten zu Besuch. An den Wänden

standen Bodenvasen, die mit üppigen weißen Lilien bestückt waren. Die alte Dame wirkte streng und als sie den Mund öffnete, tat der Klang ihrer Stimme sein Übriges, um sie noch unsympathischer wirken zu lassen.

»Wo ist der Schlotti?«, fragte sie mit französischem Akzent, der an ihr nicht weich, sondern besonders hart wirkte. Jetzt war er sich sicher: Vor ihm stand die alte Gräfin von Tüßling.

»Bitte wer?«

»Hat Er die gemangelte Wäsche gar nicht bei sich?«

»Ich glaube, hier liegt ein Irrtum vor.«

Die Gräfin machte eine ausladende Handbewegung. »Wir haben heute Abend eine Veranstaltung, das weiß Er. Und ohne Decken und Servietten wird das ziemlich schlecht aussehen. Wann wird Er das Zeug nun liefern?«

In diesem Haus wurden Lieferanten also in der dritten Person angesprochen. Fäustl überlegte schmunzelnd, ob er diese Verwechslung zu seinem Vergnügen noch weiter mitmachen oder ob er noch einmal auf den Irrtum hinweisen sollte.

Die Gräfin kam ihm zuvor. »Wir bezahlen Ihm einen Haufen Geld und da ist es doch das Mindeste, dass Er unsere Terminabsprachen einhält, mon dieu! Warum ist eigentlich der Schlotti nicht selber gekommen, sondern schickt Ihn vor?«

Der durchdringende Blickkontakt brach unvermittelt ab. Die Gräfin hatte hinter Fäustls Schulter etwas entdeckt, das ihre Aufmerksamkeit auf sich zog. Hinter sich hörte Fäustl Schritte von hohen Absätzen. Eine Frau in einem apricotfarbenen Wollmantel mit Regenschirm und Aktentasche näherte sich. Wie er unschwer erkannte, als sie neben ihm stand, war dies nun Larissa Vermehr.

»Er hat unsere Mangelwäsche vergessen«, wandte sich die Gräfin an ihre Tochter.

Fäustl räusperte sich. »Ich muss etwas klarstellen. Mein Name ist Fäustl, Kriminalhauptmeister. Mit Ihrer Wäsche habe ich nichts zu tun.«

»Kriminalpolizei?«, entfuhr es Larissa entgeistert.

Ihre Mutter stöhnte »Mon dieu« und legte eine Hand auf die Schulter ihrer Tochter, als Fäustl seinen Dienstausweis zückte.

»Ja«, fuhr Fäustl fort. »Kann ich mich bitte kurz mit Ihnen unterhalten, Frau Vermehr?«

»Dafür braucht Er …« Die Gräfin hielt inne und verbesserte sich. »Dafür brauchen Sie mich sicher nicht.«

»Nein, das sollte bitte unter vier Augen stattfinden.«

Nach einer Schrecksekunde wies Larissa auf eine Flügeltür am Ende des Ganges. »Folgen Sie mir.«

Beide ließen die alte Gräfin allein zurück, und Larissa führte ihn in ein Wohnzimmer oder einen Salon, so genau wusste Fäustl nicht, wie der Raum hier genannt wurde. Zwei weitere imposante Flügeltüren mit eingelassenen Spiegeln gingen von dort aus in angrenzende Räume. Fäustl sah sich um und stellte fest, dass ein Antiquitätenhändler hier seine helle Freude gehabt hätte. Die Wände waren mit einer zartblauen Stofftapete bespannt. Davor standen kleine Tische mit Fotos in Bilderrahmen aus Silber, in der Mitte eine moderne graue Couchlandschaft und im Hintergrund ein offener Kamin, auf dessen Sims in regelmäßigen Abständen kleine Porzellanfigürchen dekoriert waren.

Das häufigste Motiv auf den aufgestellten Fotos waren drei Jungs, zwischen geschätzten fünfzehn und achtzehn Jahren, wahrscheinlich Larissa Vermehrs Söhne. Das gesamte Interieur erinnerte ihn an eine Fünf-Sterne-Suite aus einem Hotelkatalog, die er sich von seinem Gehalt nie und nimmer leisten würde können.

Larissa befreite sich derweil von ihrem Wollmantel, hängte den Regenschirm über eine Stuhllehne und stellte ihre Aktentasche ab.

Fäustl nutzte die entstandene Pause, um die Fotos genauer zu betrachten. Als er eines in die Hand nahm, erklärte Larissa: »Das sind Laci, Lysander und Lui, meine drei Racker«, und fügte hinzu, als wolle sie gleich etwas Grundsätzliches klarstellen: »Jeder hat einen anderen Vater.«

Kommentarlos stellte Fäustl das Foto zurück. Larissa hatte ihn immer noch nicht gebeten, Platz zu nehmen. Er entschied, nicht darauf zu warten, sondern ließ sich ungefragt auf die große Couch fallen. Sie machte keine Anstalten, es ihm gleichzutun. Abwartend blieb sie in sicherer Entfernung stehen und musterte ihn. »Ich hatte noch nie Besuch von der Kriminalpolizei. Mein Bauchgefühl teilt mir mit, dass Sie keine guten Nachrichten bringen.«

»Leider.«

Sie atmete laut mit offenem Mund ein. »Dann, bitte.«

»Dr. Spögler ist ermordet aufgefunden worden.«

»Was?«, platzte es aus Larissa hervor. Ihre Hand suchte Halt an einem der Tische. »Junior oder senior?«

»Senior. Heute Morgen in Bräu im Moos.«

Die Türe, durch die sie vorher den Raum betreten hatten, öffnete sich. Zuerst erschien ein Servierwagen, danach die alte Gräfin. Kleine Flaschen, gefüllt mit Wasser oder Obstsäften, geschliffene Gläser sowie ein Teller mit Keksen klirrten darauf, als sie ihn hereinschob. Mit etwas zu viel Freundlichkeit in ihrem Auftreten wandte sie sich an Fäustl. Es wirkte, als wäre die alte Dame darauf bedacht, die Tischdeckenaffäre aus der Welt zu schaffen. »Entschuldigen Sie die Störung, aber Sie sollen bei uns nicht Hunger oder Durst leiden. Schlotti ist übrigens aufgetaucht. Bitte verzeihen Sie mein komisches Verhalten vorhin. Als es läutete, war ich mir sicher, dass es nur die Wäsche sein kann. Wir hatten niemand anderes erwartet. Das war dumm von mir, mon dieu. Bleiben Sie zum Mittagessen? Ich kann der Köchin gerne sagen, dass wir unangemeldeten Besuch bekommen haben. Sie bereitet gerade eine Zwiebelsuppe vor, da ist eine Person mehr gar kein Problem. Wenn Sie lieber etwas anderes wünschen, kann ich auch gerne unten in der Küche Bescheid geben. Wir sind ein sehr gastfreundliches Haus.«

»Nicht jetzt, Mama«, unterbrach Larissa Vermehr den Redeschwall.

Pikiert spitzte die alte Gräfin ihre Lippen.

»Merkst du nicht, dass du störst?« Der Blick, den Larissa ihrer Mutter zuwarf, hätte töten können.

Mit einem Ruck warf diese ihren Kopf in den Nacken und zielte nach draußen. »Au revoir.«

Während des Schweigens, das sich im Zimmer breitmachte, klatsche der Regen gegen die Fensterscheiben. Fäustl stand auf, ging zum Servierwagen und griff nach einem Mineralwasser, die verführerischen Kekse ignorierte er. Seine Finger schraubten den Verschluss ab. Die vornehme Atmosphäre brachte ihn dazu, auch ein Glas zu nehmen, normalerweise hätte er direkt aus der Flasche getrunken. So bewaffnet spazierte er zum Kamin und zog es vor, dort stehen zu bleiben.

Larissa hingegen war auf einen Stuhl gesunken und starrte fassungslos den Parkettboden an. »Hias ist also tot«, flüsterte sie leise, als könne sie den Inhalt des Satzes nicht begreifen.

Fäustl fasste die genauen Umstände zusammen, erwähnte, dass Caroline Mooser ihnen von der Probeleich erzählt hatte, und bat Larissa Vermehr, den gestrigen Abend aus ihrer Sicht zu schildern. Als Fäustl das Wort »Bolzenschussgerät« erwähnte, schnellte Larissas Handfläche vor ihren Mund. »Widerlich«, zischte es dahinter.

»Deshalb müssen Sie uns auch auf der Kriminalpolizeistation in Mühldorf besuchen. Wir brauchen ihre Fingerabdrücke.«

»Wofür denn das?«

»Hab'n Sie gestern damit nicht g'schossen?«

»Doch, wie wir alle.«

»Eben. Schauen Sie, wir müssen jeden Fingerabdruck auf der Mordwaffe identifizieren. Ganz einfaches Ausschlussprinzip.«

Sie nickte. »Wann?«

»Sobald als möglich. Sie sind gestern mit Dr. Spögler aneinandergeraten?«

»Nicht der Rede wert. Ich weiß nicht mal mehr, warum. Hias konnte oft sehr rechthaberisch sein, wenn er was getrunken hatte.«

»Wann sind Sie nach Hause aufgebrochen?«

»Mitternacht. In einem Taxi zusammen mit Herrn Obermüller. Monsignore Hirlinger und mein Kollege Herr Molaufer sind von der Haushälterin des Monsignore, Fräulein Schosi, in ihrem eigenen Auto heimgebracht worden. Wir haben Hias mit Herrn Mooser und seiner Gattin allein gelassen.«

»Wann waren Sie im Schloss?«

»Viertel nach zwölf. Das weiß ich ganz genau, weil ich meine Jungs so spät noch beim Shisha-Rauchen erwischt habe. Das hat mir überhaupt nicht gepasst. Verstehen Sie, heute ist Schule.«

»Hat sich Dr. Spögler, abgesehen von der Auseinandersetzung mit Ihnen, anders als sonst verhalten?«

»Nein, mir ist nichts aufgefallen. Er war sternhagelvoll, aber das ist eben nicht anders als sonst. Dass er jetzt tot ist, will einfach nicht in meinen Kopf. Er war ein lebenslustiger, eigentlich einfühlsamer Mensch.

Raue Schale, weicher Kern sozusagen. In seiner Praxis ist er auch kürzergetreten. Nun hätte er wirklich noch ein paar schöne Jahre verdient gehabt. Hias musste den Verlust von zwei Frauen in seinem Leben verkraften, aber er ist immer wieder aufgestanden. Ich hätte ihm sehr gewünscht, dass in seinem Leben nun etwas Ruhe einkehrt. Das Schicksal ist manchmal ungerecht.«

Fäustl bemerkte, dass Larissa Vermehr Tränen in den Augen hatte. »Darf ich Sie fragen, wie lange Sie sich eigentlich schon kannten?«

»Unser Stammtisch existiert gute zehn Jahre. Und davor hat der Hias schon unsere Pferde behandelt. Das hat er auch jetzt noch getan, obwohl sein Sohn inzwischen die Praxis übernommen hat. Ich kenne ihn einfach schon eine geraume Zeit. Ein wirkliches Datum zu nennen, ist mir nicht möglich.«

*

In Windeseile war Maria Evita aufgefahren, als Max seinen Namen genannt hatte. Nun rannte sie nervös zwischen Fenster und Tisch hin und her. »Er darf mich nicht sehen! Ich will ihm nicht begegnen.«

Von der heftigen, aber verständlichen Reaktion doch überrascht, deutete Hirlinger auf sein Schlafzimmer. »Versteck dich da drin.«

Ohne noch etwas von sich zu geben, war sie auch schon verschwunden. Hirlinger trat vor seine Wohnung und beobachtete Max Kramer, der nur jede

zweite Stufe nahm, um zu ihm hinaufzukommen.
»Max, was verschafft mir diese unverhoffte Ehre?«

Das Gesicht des Kommissars wirkte ernst.

»Sie wollen jetzt aber nicht etwa die Beichte bei mir ablegen?«, fragte Hirlinger scherzhaft.

»Keinesfalls«, murmelte Max Kramer. »Darf ich trotzdem reinkommen?«

»Meine Pforte ist für jedermann offen.«

Als Hirlinger hinter Max Kramer die Tür wieder ins Schloss fallen ließ, saß der bereits an seinem Küchentisch, genau auf dem Stuhl, wo Maria Evita vorher gesessen war. Hirlinger musterte seinen Gast von oben, der die Finger ineinander verschränkt und seine Ellenbogen breit auf die Tischplatte gelegt hatte. Es kam nicht selten vor, dass Menschen ihm einen Besuch abstatteten, die in einem Gespräch nach Sinn suchten oder Gottes Hilfe benötigten, aber als wirklich Gläubiger war der junge Kommissar Hirlinger nicht bekannt. Das konnte es also nicht sein. Max' dunkle Haare fielen ihm fransig in die Stirn und ließen ihn in diesem Augenblick wie einen frechen Bengel wirken, der etwas ausgefressen hatte und sich in der Küche des örtlichen Pfarrers vor seinen Eltern versteckte. Hirlingers Neugierde wuchs, aber er entschied sich, Max noch ein paar Sekunden zu gönnen, bevor er direkt nach dem Grund seines Auftauchens fragte. Vielleicht war der junge Mann ja wegen Maria Evita in einer echten Lebenskrise. Herrgott! Hirlinger wurde klar, dass, falls es jetzt um die frühere Beziehung der beiden gehen sollte, er sich in einer Zwickmühle befand. Maria Evita konnte vom Schlafzimmer aus dem Gespräch lauschen. Max war aber sicher zu ihm gekommen, weil er einen vertraulichen Rat wünschte. Der Monsignore betete inständig, dass Maria Evita nun nicht zum Thema werden würde. Wie sollte er denn darauf reagieren, ohne einen der beiden vor den Kopf zu stoßen?

Max lehnte sich zurück und holte tief Luft. »Ich will es kurz machen: Dr. Mathias Spögler ist ermordet worden. Ich brauche Ihre Aussage und später in Mühldorf auch Ihre Fingerabdrücke.«

Es traf ihn wie einen Blitz. Die Worte »Mathias« und »ermordet« hallten immer wieder in Hirlingers Schädel nach. Seine Zunge schien anzuschwellen. Er musste sich an die Küchenzeile lehnen, da er fürchtete, seine Kniegelenke könnten in der nächsten Sekunde versagen. »Wie?«, fragte er fast tonlos.

»Mit dem Bolzenschussgerät, welches Sie und Ihr gesamter Stammtisch gestern angeblich in der Hand gehalten haben.«

»Gott sei seiner Seele gnädig.« Es gab kein Wort, das beschreiben konnte, wie es gerade in Hirlinger aussah. Trauer, Wut und Entsetzen mischten sich zu einer hässlichen pulsierenden Masse, die von seinem ganzen Körper Besitz ergriff. Vorsichtig setzte er einen Fuß vor den anderen, um zu seinem Küchentisch zu gelangen. »Wer tut so was?«

»Ich werde das herausfinden. Der Täter kommt mir nicht ungeschoren davon. Versprochen.«

Mit beiden Händen stützte sich Hirlinger auf der

Tischplatte ab und ergab sich seiner Betroffenheit, die ihn daran hinderte, einen klaren Gedanken zu fassen.

»Kennen Sie die Familie Menhart?«

Hirlinger streckte sich, legte eine Hand auf sein Brustbein und schluckte. »Geben Sie mir bitte einen Augenblick.« Nachdem er unter seiner Handfläche spürte, wie sich sein Atem nach und nach beruhigte, überlegte er. »Das ist eine Bauernfamilie, die meines Wissens Hias vor Jahren großen Ärger bereitet hat.«

Max nickte, um Hirlinger zu bedeuten weiterzusprechen. »Das weiß ich bereits.«

»Der Bauernhof liegt unweit von Bräu im Moos. Links rauf, wenn Sie vom Parkplatz aus am Privathaus des Mooser Bräus vorbeifahren.« Er runzelte die Stirn. »Der alte Menhart ist vor vier oder fünf Jahren verstorben. Jetzt leben dort noch die Witwe und ihr Sohn mit Familie. Warum fragen Sie ausgerechnet nach denen?«

»Andi Spögler hat etwas von dem Krach seines Vaters erwähnt und dass diese Familie ihn für den Tod des Alten immer noch verantwortlich macht.«

»Mir gegenüber hat Hias da nicht viel preisgegeben. Aber es hat ihn belastet, das habe ich gespürt. Wie hat denn Andi die Todesnachricht aufgenommen?«

»Relativ … na ja.« Max sah zu Hirlinger auf. »Das wird jetzt für ihn und seine Frau ein ganz schöner Kraftakt. Vor allem weil Romy Spögler wegen eines Sportunfalls außer Gefecht gesetzt ist. Er kann sicher jede Hilfe bei der Beerdigung und beim Nachlass gebrauchen.«

»Verstehe. Wissen Sie, dass ich einer von Andis Taufpaten bin? Allerdings konnte ich ihn nicht bei uns halten, er ist schon länger ausgetreten und auch nicht kirchlich verheiratet. Unser Verhältnis ist seither etwas …«, Hirlinger suchte nach dem richtigen Wort, »unterkühlt.«

»Vielleicht könnten Sie sich trotzdem bei ihm melden?«

»Ich werde Andi auf alle Fälle anrufen.«

*

Sie hatte sich nicht mehr auf den Beinen halten können. Als der Kriminalbeamte verschwunden war, wurde ihr schwindelig. Nun lag sie ausgestreckt auf ihrer Couch, presste den Kopf in die Kissen, dass es ihr kaum mehr möglich war, Luft zu holen, und schluchzte. Larissa konnte es nicht mehr aufhalten.

Hinter ihr quietschte die Türe, dann hörte sie ihre Mutter sagen: »Reiß dich zusammen! Es gibt viel zu tun.«

Langsam richtete Larissa sich auf. Das Kissen unter ihr war verschmiert mit Make-up-Flecken und dunklen Stellen, die die Tränen hinterlassen hatten. Als sie ihre Mutter mit einem verschwommenen Blick streifte, hob diese missbilligend die Oberlippe.

»Du solltest dich in Ordnung bringen, bevor du unter Menschen gehst.«

»Dr. Spögler ist tot.«

»Das ist noch lange kein Grund, die Contenance zu verlieren, Lara.«

»Hast du mich nicht verstanden? Hias ist tot.«

»Ich will darüber nichts wissen.«

Larissa vergrub ihr Gesicht in ihren Handflächen, und die geballte Wut und Trauer entluden sich durch einen schrillen Schrei. Ihre Mutter zeigte nicht die geringste Regung, sondern wies mit einer bedeutungsvollen Geste nach draußen. »Würdest du nun bitte den Festsaal kontrollieren, bevor du wieder ins Landratsamt gehst? Und hör auf, dich wie eine Fünfjährige zu verhalten.«

»Mama, ich brauch dich jetzt.«

Ihre Mutter ließ den Arm sinken. Würdevoll schritt sie zur Couch, nahm neben ihr Platz und legte den Arm um ihre Schulter. »Lara, in dieser Familie ertragen wir *alles* in Ruhe und Würde. Falls du dabei ein bisschen Unterstützung brauchst, kann ich dir Baldrian holen lassen oder einen von meinen Betablockern anbieten.«

Larissa schüttelte den Arm ihrer Mutter ab. »Ist es dir eigentlich egal, was gerade in mir vorgeht?«

»Ganz und gar nicht.«

»Hias war der Mann meines Lebens, Mama.«

»Das ist mir neu.«

»Es wusste ja auch keiner. Es sollte und durfte einfach keiner wissen.«

»Lara, ich habe in den letzten Jahren schon mehr als einen Mann deines Lebens kennengelernt. Was meine Familienmitglieder in Diskretion tun, ist mir und der Öffentlichkeit vollkommen gleich. Tu m'as compris? War dieser Dr. Spögler gestern Abend noch bei dir?«

Larissas Blick verfinsterte sich. »Ich dachte, dir wäre alles vollkommen gleich?«

Ihre Mutter erhob sich, als ob sie gehen wollte, hielt aber dann in der Bewegung inne. »Ist es auch. Trotzdem würde ich in dieser Situation gerne wissen, wer von deinen Liebhabern dich gestern um Mitternacht ins Schloss begleitet hat.«

»Das war Walter, der ehemalige Sparkassenchef.«

»Herr Obermüller?«

Durch ein vorsichtiges Nicken bestätigte Larissa ihrer Mutter, dass sie mit der Namensnennung ins Schwarze getroffen hatte.

»Na ja, Lara, was ältere Männer betrifft, ist dein Geschmack nicht der schlechteste, wenn auch, pardon, inflationär.«

*

Seine Jacke hatte am gestrigen Abend Blutspritzer abbekommen. Vielleicht gab es auch noch Spuren auf seiner Hose und den Schuhen. Zur Sicherheit musste er alles loswerden.

Er hob die Plastikplane an, die den Baum- und Strauchschnitt bedeckte, warf seine Kleidung dazwischen und schob sie mit dem Gummistiefel weiter in den Haufen aus Gartenabfällen hinein. Alles musste locker geschichtet bleiben, damit die Luft das Feuer antreiben und den Stoß schnell in Flammen setzen konnte. Hier ewig darauf zu warten, bis er sich sicher war, dass nichts mehr ihn verraten konnte, dafür gab es keine Zeit. Gott sei Dank hatte er schon früh daran gedacht, alles abzudecken, damit es der Regen nicht erreichte. Sonst würde er sich hier schwertun, ein Feuer selbst mit den Grillanzündern zu entfachen.

Überall brannten in den letzten Wochen diese Feuer als Boten des Frühlings, eines mehr oder weniger würde nicht auffallen. Das interessierte auf dem Land keinen.

Die Pause zwischen den feuchten Schauern musste er nun nutzen. Den ganzen Vormittag hatte er darauf gewartet, dass die Tropfen endlich nachlassen würden. Er sah zum Himmel. Vermutlich hatte er eine gute halbe Stunde, bis er sich erneut über ihm öffnete. Aus der Hosentasche zog er eine Handvoll brauner Würfel, die heftig nach Brandbeschleuniger stanken. Er bückte sich und verteilte sie zwischen den Zweigen. Dann griff er zu seinem Feuerzeug. Die kleine Flamme vergrößerte sich schnell, als sie von den Grillanzündern Besitz ergriff. Nach dreißig Sekunden brannte der ganze Haufen lichterloh. Die Hitze, die er absonderte, beruhigte ihn. Nichts würde übrig bleiben. Die Blutflecken auf seiner Jacke würden von den Flammen vernichtet. In ihm machte sich eine große Erleichterung breit, nun konnte man ihm nichts mehr nachweisen.

*

Maria Evita musste Hirlinger in den Arm nehmen. Sie hatte ihn noch nie so elend gesehen. Sein bester Freund war tot und er bis ins Mark erschüttert. Keine

Tränen, aber ein Gesicht, das sich durch die Trauer zu einer grauen Maske verwandelt hatte.

»Es tut mir so leid.« Maria Evita fasste mit ihren Händen nach seinen Schultern.

Hirlinger schob sie sacht beiseite und ging zu seinem Fenster. »Entsetzlich, zu was Menschen fähig sind. Homo homini lupus.«

»Der Mensch ist dem Menschen ein Wolf«, übersetzte Maria Evita nachdenklich den Spruch. Die Worte kamen ihr dabei sehr langsam über die Lippen, denn sie ließen ein Bild vor ihrem inneren Auge entstehen: ein blutüberströmter Dr. Spögler. Ein kurzer frostiger Schauer fuhr ihr über den Rücken. »Armer Andi. Romy ... Wie die das wohl jetzt verkraften?«

»Ich kann nur beten, dass sie genügend Stärke besitzen, um es gemeinsam durchzustehen.« Hirlinger wandte sich um und verschränkte die Arme.

»Ich kenne Romy noch vom Gymnasium. Damals war sie sehr tough.«

»Ein Unglück kommt selten allein«, sinnierte Hirlinger und spielte damit sowohl auf den Mord, als auch auf Romys Unfall an.

»So ein Elend«, pflichtete ihm Maria Evita bei.

»Das kannst du laut sagen.«

»Vielleicht sollten wir beide hinfahren?«

Er schien zu überlegen. Sein Kinn hob sich in Zeitlupe, als würde er ihren Vorschlag in Betracht ziehen. Aber anstatt es wieder zu senken und somit ein Ja anzudeuten, schüttelte Hirlinger seinen Kopf. »Das ist jetzt der falsche Zeitpunkt.«

Maria Evita war irritiert. »Glauben Sie nicht, dass die zwei uns jetzt brauchen könnten?«

»Wenn ich mich an meine Gespräche mit Andi zurückerinnere, ist Gottes Beistand das Letzte, was er nun möchte.«

»Wir können doch über Gott auch mal den Mund halten.«

Die Augen des Monsignore wurden größer.

Ohne sich davon beirren zu lassen, redete Maria Evita weiter auf ihn ein. »Es geht darum, dass wir für sie da sind. Jeder von uns hat zwei Hände, mit denen wir etwas ausrichten können. Sie haben doch gehört, dass Romy gehandicapt ist.«

»Zwei Hände«, wiederholte Hirlinger.

»Ja.«

»Willst du ihnen etwa den Haushalt führen?«

Diese Frage klang so ironisch, dass Maria Evita sich nicht ernst genommen fühlte. »Das ist gar keine so dumme Idee«, konterte sie.

Hirlingers Gesichtsausdruck änderte sich und wirkte auf einmal nicht mehr skeptisch. »Meinst du das ernst?«

»Natürlich. Ich kann putzen, ich kann kochen und nebenbei bemerkt habe ich früher bei meiner Tante gelernt, wie man eine Waschmaschine bedient, samt Trockner.«

»Maria, ich denke, das solltest du tun.«

Nachdem der Monsignore vorher so abfällig reagiert hatte, war sich Maria Evita nicht sicher, ob er sie gerade auf den Arm nahm. »Sie verarschen mich aber ned grad?«

»Was ist denn das für ein Wort?« Hirlinger verzog missbilligend das Gesicht.

»Verzeihung. Ist das, was Sie gerade gesagt haben, Ihr voller Ernst?«

»Mein vollster.«

»Aha. Ja.« Nun wusste Maria Evita nicht weiter. Hinter ihrem Vorschlag stand kein ausgereifter Plan. Eigentlich hatte gerade nur ein Wort das andere ergeben.

Hirlinger schien ihre Gedanken zu erraten. »Zwei Fliegen mit einer Klappe«, sagte er. »Schau, du brauchst eine Klosterauszeit und tust gleichzeitig ein gutes Werk, wenn du Andi und Romy unter die Arme greifst. Bei körperlicher Arbeit kann man sich über viele Dinge klar werden.«

Da hatte der Monsignore vollkommen recht. Nur wie sollte sie die Zustimmung der ehrwürdigen Mutter bekommen? Schließlich wechselte sie nicht in ein anderes Kloster, sondern in ein Privathaus. Würde man sie als Novizin einfach so ziehen lassen? Würden Romy und Andi auf ihren Vorschlag überhaupt positiv reagieren? Dann stellten sich noch andere offene Fragen. Konnte sie dort übernachten oder auf welche Weise sollte sie täglich die Strecke zwischen Altötting und Tüßling überwinden? Weit war es ja nicht, aber sie besaß weder ein Auto noch den Führerschein.

Und wieder schien ihr Schweigen für Hirlinger ein offenes Buch zu sein. »Mach dir darüber keine Sorgen. Ich werde umgehend mit der ehrwürdigen Mutter sprechen. Bei Andi musst du selbst anrufen, aber wenn du …« Er seufzte. »Wenn du, wie du selbst vorher meintest, über Gott den Mund hältst, wird er sehr dankbar und offen deinem Angebot gegenüberstehen. Und glaube mir: Fräulein Schosi wird dich sicher durch ihre Fahrkünste liebend gern unterstützen. Dass du dich vielleicht in dem Punkt mit ihr arrangierst, sollte die einzige Prüfung bei dieser Geschichte werden.«

III. UND TOTER STEINE WUCHT

Die Sonne wagte über Altötting einen Durchbruch. Vielleicht hatte es heute mit dem Regen ein Ende. Während des Frühlings reichten sich im bayerischen Voralpenland kalte Gewitter und sommerliche Temperaturen die Hand. Für Wetterfühlige bedeutete dies oft wochenlange Kopfschmerzattacken.

Fäustl war dagegen robust. Im Gegensatz zu seinem Kollegen Max, der oft wie ein Schluck Wasser in der Kurve hing, hatte Fäustl den gleichmäßigen und starken Kreislauf eines Pferdes. Wobei ihm das Ziehen in seiner Brust, das über die letzten Wochen immer deutlicher hervortrat, nicht ganz geheuer war. Ebenso seine ständige Atemlosigkeit. Und damit war er wieder bei der Thematik angekommen, die Max vorher angesprochen hatte. Er musste etwas gegen sein Übergewicht unternehmen. »Friss die Hälfte« war die naheliegendste Lösung. Auch wenn das bedeutete, dass er auf seine täglichen Leberkässemmeln in Zukunft wohl oder übel verzichten musste. Was für ein Martyrium!

Links und rechts der Straße säumten Bäume seinen Weg. Mancher Stamm war großflächig verletzt, denn hier kam es öfter zu Unfällen. Vor allem wenn den alkoholisierten Autolenkern die nächtliche Allee zu eng wurde. Er passierte ein Holzkreuz, vor dem frische Blumen standen. Einer dieser Unfälle war tödlich ausgegangen. In der Ferne tauchten vor seiner Windschutzscheibe die zahlreichen Kirchtürme Altöttings auf. Am Ortseingang würde er in die Staatsstraße nach Mühldorf abbiegen, um zur Kriminalpolizeistation zu gelangen. Fäustl sah zwei Rauchsäulen in der Landschaft gen Himmel steigen. Irgendwer verbrannte sicher die Baumzuschnitte und Gartenabfälle in der Regenpause, die sich im Frühjahr häuften. Hier auf dem Land war dies noch möglich, ohne dass es gleich zu einer Nachbarschaftsklage wegen Geruchsbelästigung kam.

Sein Daumen suchte am Lenkrad mithilfe eines kleinen Rädchens, das die Verbindung zur eingebauten Freisprechanlage war, nach Max' Nummer. Das elektronische Tuten erfüllte den Fahrerraum und umgehend hatte er seinen Kollegen in der Leitung.

»Servus, Kramer.«

»Du, Fritz, wegen vorher ...«

»Schwamm drüber. Also von der Vermehr hab ich nix Neues erfahren. Und zum Obermüller schaff ich es heute nimmer. Vorschlag: Wir bestellen alle gemeinsam zur erkennungsdienstlichen Behandlung durch die Spusi nach Mühldorf ein und dann reden wir mit denen zusammen über Spöglers letzten Abend.«

»Telefonierst du den ganzen Stammtisch ab?«

»Umgehend, sobald ich in Mühldorf bin.«

Fäustl kam ein dunkler Wagen entgegen, dessen Fahrer die Hand hob, um ihn zu grüßen. Schlagartig erkannte er seinen Gesprächspartner. »Wo willst'n du hin?«

»Ich muss mir da was anschau'n. Wir sehen uns später im Büro.«

»Du fährst zu den Menharts, stimmt's?«

»Ja.«

»Kramer, des halte ich für keine gute Idee. Wenn an der Geschichte vom Andi was dran ist, dann warnst du sie doch durch dein Auftauchen. Und was des für unsere Ermittlungen bedeutet, brauch ich dir nicht zu erzählen.«

»Glaubst du, ich bin ein Anfänger oder deppert?«

»Ich wollt's nur g'sagt ham.«

»Fritz, ich will mich nur umschau'n. Falls mir jemand von der Familie über den Weg läuft, dann lad ich sie und die ganze weitere Nachbarschaft gemeinsam zu uns auf die Polizeistation ein, weil wir ja den kompletten Umkreis abklappern müssen.«

Fäustl ging ein Licht auf, was Max am anderen Ende der Leitung durch ein kurzes »Ahhh« mitbekam.

»Ich erzähl dann wieder die Geschichte von der Routine«, setzte Max hinzu.

»Kramer, Kramer, warum hab ich denn nicht gleich an die Möglichkeit einer Festlegevernehmung gedacht.«

»Ich garantier dir, dass es uns einen Schritt nach vorn bringt. Und so können wir auch unauffällig sehen, wie die Menharts auf die Todesnachricht reagieren.«

*

Der Hof der Menharts lag umgeben von Bäumen und Feldern auf einer Anhöhe unweit der Mooser Brauerei. Ein Vierseithof mit einem überdimensionierten Kuhstall, der ein Neubau war. Die beiden Flügel des türkis gestrichenen Eingangstores waren geöffnet, aber man konnte nicht darauf zufahren. Ein rot-weißes Band versperrte jedem Besucher den Weg. Max hielt an, stieg aus und betrachtete den Grund des Ganzen. Hier wurde die private Straße und der gesamte Hof neu gepflastert. Seitlich türmten sich mehrere Haufen aus Granitquadern auf, die darauf warteten, sorgsam in den Boden geklopft zu werden. Nicht gerade die billigste Lösung, aber definitiv schicker, als alles mit Beton zu verschließen.

Niemand war zu sehen. An der Außenmauer rechts neben dem Tor hatte jemand Brennholz kniehoch aufgeschichtet. Der Putz darüber zeigte deutliche dunkle Spuren, was Anlass zu der Vermutung gab, dass die Scheite vor dem Winter mehr als die doppelte Höhe gehabt hatten.

Ein Windstoß strich wie eine Welle durch das Gras und fuhr in Max' Haare. Ihn fröstelte. Schnell schob er seine Hände in die Jackentaschen. Es wurde Zeit, dass die Temperaturen endlich dauerhaft nach oben kletterten. Sein Blick schweifte noch einmal über das gepflegte Anwesen. Eigentlich hatte er einen verwahrlosteren Ort erwartet, doch das war nichts als ein Vorurteil. Jemand, der einen so ordentlichen Hof sein Eigen nannte, war kein asozialer Irrer, der auf nächtlichen Streifzügen eine Familie terrorisierte. Der Fall des alten Menhart sowie Andis Erzählung und die Fotos der besprühten Hauswand hatten ihn etwas vermuten lassen, das mit dem jetzigen Anblick nicht übereinstimmte. Und sooft Max mit seinem Instinkt auch richtiglag, so musste er sich doch immer wieder mahnen, auch die Fakten sprechen zu lassen. Vielleicht befand sich in den Akten des alten Falls ein kleiner Haken, der bisher übersehen wurde und nun zur Aufklärung des Spögler-Mordes dienen könnte.

Ein unerwarteter Druck gegen seinen Knöchel ließ ihn nach unten sehen. Eine maunzende schwarze Katze schmiegte sich an seinen Fuß. Ihre Augen leuchteten ihm entgegen, als ob sie um ein paar Streicheleinheiten betteln würde. Max ging in die Hocke und ließ seine Hand über den Rücken des Tieres gleiten. Plötzlich rollte sich die Katze auf die Seite. Mit seinen Fingern wollte er ihren Bauch kraulen, als ihm auffiel, dass ihre Zitzen rötlich angeschwollen waren. »Sag amal, bist du trächtig?« Als ob die Katze ihn verstanden hatte, versetzte sie seiner Hand einen Schlag mit ihrer Pfote. Reflexartig zog er diese zurück. Ein roter Kratzer war das Ergebnis. »Du Luder!«, lachte Max.

»Die heißt Baba«, sagte eine kindliche Stimme aus dem Nichts.

Er beeilte sich, sich aus der gebückten Haltung hochzurappeln, um zu erkennen, wer ihn gerade angesprochen hatte.

»Die is so a richtig gemeine Hexe. Erst tut sie immer so lieb, und dann fängt sie an zum Kratzen.«

Max drehte sich um. Hinter seinem Kofferraum stand ein Junge von knapp zehn Jahren auf einem Tretroller. Tiefrot leuchteten dessen Wangen Max entgegen. Der Fahrtwind hatte dem Jungen offensichtlich eine gesunde Farbe im Gesicht verpasst.

»Wollten Sie mit dem Auto zu uns?«, fragte der Junge. Und ohne eine wirkliche Antwort von Max abzuwarten, redete er auch schon weiter. »Des geht grad ned, weil mia die Straße umbauen. Die, die eine Milch wollen, kommen immer mit dem Radl oder parken hintenumme.«

»Hintenumme?« So wie der Junge das gerade ausgesprochen hatte, amüsierte Max die Wortwahl.

»Ja hinterm Stall, wenn ma von der anderen Seitn zu uns rauffahrt.«

»Wer bist du denn eigentlich?«

»Ich bin da Menhart Berni.«

»Und wie alt bist du, Berni?«

»Neine, in der dritten Klass.«

Max hörte Berni an, dass er sowohl auf sein Alter, als auch auf seine Jahrgangsstufe mächtig stolz war. »Hast du noch Geschwister?«

»Die Paula und an Beppe. Sie frag'n fei ganz schön viel.«

Vor dem türkisen Holztor erschien eine ältere Frau,

hob ihren Arm und brüllte zu Max und Berni hinüber: »Du hast deine Hausaufgaben noch nicht fertig, also schau, dass d' wieder in deinem Zimmer verschwindest.«

»Und des is mei Oma.« Berni verdrehte genervt seine Augen.

»Berni, Abmarsch!« Die Großmutter stampfte energisch am Rand der unfertigen Einfahrt auf Max und den Jungen zu. Berni zuckte einmal kurz zusammen, als die Frau drohend ihren Finger gen Himmel hob, dann packte er seinen Roller am Lenker und zog ihn, mit einigem Sicherheitsabstand zu seiner Oma, über die Wiese Richtung Haus.

Inzwischen hatte die alte Menhart-Bäuerin Max' Wagen erreicht. »Von sich aus macht der gar nix. Bei dem muss man ständig hinterher sein«, erklärte sie ihr Verhalten. »Haben Sie sich verfahren oder kann man Ihnen anderweitig helfen?«

Max zog seinen Geldbeutel hervor und präsentierte seinen Dienstausweis. »Kommissar Kramer, Kripo Mühldorf.«

Frau Menharts Gesicht verfinsterte sich augenblicklich. »Was wollen Sie hier?«

Im Gegenzug versuchte Max nun sein sympathischstes Lächeln auf die Lippen zu legen. »Das hat mit Ihnen direkt jetzt gar nichts zu tun. Wir brauchen die Hilfe und Mitarbeit Ihrer ganzen Familie und auch der kompletten Nachbarschaft. Es geht um die Aufklärung eines schweren Verbrechens.«

Die skeptischen Schatten, die der alten Menhart

gerade noch in die Stirn geschrieben waren, verflüchtigten sich. Max hatte ihr Vertrauen gewonnen.

»Aber selbstverständlich. Wir würden immer der Polizei helfen.« Als wolle sie einen Kuhhandel besiegeln, fuhr sie ihre Hand aus und forderte durch ein Kopfnicken Max auf, einzuschlagen. Ihr Händedruck war so kräftig, wie er sich den einer alten Bäuerin vorgestellt hatte. »Also …«, ihr Zeigefinger deutete zum Bauernhof, »wollen S' an Kaffee, Herr Kommissar? Oder soll ma Ihr Anliegen in aller Öffentlichkeit hier auf der Straß' besprechen?«

»Eine Tasse Kaffee klingt ausgezeichnet.«

*

Diesen Nachmittag in das Landratsamt Altötting zurückzukehren, stand für Larissa nicht zur Debatte. Sie nahm einen weiteren Schluck Sherry und versuchte, die schmerzlichen Gedanken an mögliche Konsequenzen zu verdrängen. Ihre Mutter hatte unmissverständlich zum Ausdruck gebracht, dass Larissa in ihr keine Ansprechpartnerin finden würde, und dabei brauchte sie gerade nichts dringender als einen Menschen, dem sie sich anvertrauen konnte. Einen, der vielleicht auch in die Geschichte involviert war, sie verstand und ihr den richtigen Rat geben würde.

Larissa leerte ihr großzügig gefülltes Glas in einem Zug, legte den Kopf zurück und starrte für ein paar Sekunden von ihrer Couch aus der getäfelten Decke entgegen. Ruckartig erhob sie sich und strich eine

Haarsträhne aus ihrer Stirn, die sie zuvor in drei Spiegeln an unterschiedlichen Stellen im Raum gesehen hatte. Seit der überbrachten Todesnachricht durch den Mühldorfer Kriminaler wirkte ihr Haar eher aschfahl als aschblond. Warum fiel ihr das jetzt auf? Warum dachte sie daran, dass jegliche Schönheit vergänglich war oder dass jede Rose verblühen musste? Warum fühlte sie seit ein paar Minuten keine Trauer mehr für ihren Hias? Sie schob es auf den Schock. Langsam begann Larissa, in ihre Gedanken etwas Struktur zurückzubringen, und ihr wurde klar, was jetzt zu tun war.

Schritt für Schritt wankte sie durch eine der Flügeltüren in den Trakt hinüber, in dem sich ihre privaten Gemächer befanden. Gott sei Dank begegnete ihr weder ihre Mutter noch einer der Angestellten. Das hätte ihr gerade noch gefehlt.

Larissas Schlafzimmer war im Vergleich zu den anderen Räumen des Schlosses winzig. Seit ihrer letzten Scheidung schlief sie wieder allein. Ein King-Size-Bett füllte das Zimmer fast gänzlich aus, ließ aber noch genau so viel Platz, dass ein Bücherregal und zwei Kleiderschränke – ihre Garderobe hatte sie nach Jahreszeiten sortiert –hineinpassten. Der Rest ihrer Damenoberbekleidung lagerte bedeckt von Folie und Mottenpapier unterm Dach.

Auf ihrem Nachttisch stand ein Telefon, mit dem sie gewöhnlich nur abends telefonierte, meist benutzte sie ihr Handy. Nachdem sie hinter sich die Tür abgeschlossen hatte, legte sie sich angezogen auf ihre Tagesdecke und wählte eine Altöttinger Nummer.

»Walter?«

»Larissa, kann ich dich später zurückrufen?«

»Deine Frau ist anscheinend in der Nähe, aber das hier duldet keinen Aufschub. Die Kriminalpolizei war bei mir. Hias ist vor Eugens Brauerei ermordet worden.«

Am anderen Ende herrschte Stille.

»Walter, bitte komm her. Es gibt gewisse Dinge, die ich mit dir jetzt besprechen muss, sonst ... Du weißt schon.«

*

In der Menhart'schen Stube befand sich ein grüner Kachelofen, in dem Feuer prasselte. Er war das Zentrum, auf das sich alles zu konzentrieren schien. Wie in den Zeiten vor Zentralheizung und Gastherme war die Feuerstelle hier immer noch der Mittelpunkt. Selbst der sogenannte Herrgottswinkel, dieser altarähnliche Platz an der Eckbank, erfuhr nicht so viel Aufmerksamkeit wie die Wärme spendenden Flammen. Durch ein kleines Glasfenster, das man zum Befeuern öffnen konnte, sah man sie auf dem Holz tanzen.

Frau Menhart senior bedeutete Max, in der Ecke Platz zu nehmen, während sie in der angrenzenden Küche verschwand und geräuschvoll die Kaffeemaschine befüllte und in Gang setzte. Als Max es sich bequem gemacht hatte, entdeckte er unter dem Herrgottswinkel auf Schulterhöhe ein schwarz gerahmtes Bild, das einen bulligen Mann um die siebzig zeigte. »Viel zu früh aus unserer Mitte gerissen. In ewiger Dankbarkeit für Deine Liebe« stand über dem schwarz-weißen Passfoto. Und darunter: »Bernhard Menhart«. Aha, das schien also der besagte alte Menhart zu sein, den Spögler angeblich zu Tode medikamentiert hatte. Auch das Sterbedatum von vor fünf Jahren bestärkte Max' Vermutung.

»Ihr Mann?«, fragte er, als sich Frau Spögler mit dem Kaffeetablett näherte. Sie nickte kurz und schloss für einen Moment schmerzerfüllt ihre Augen, was vermutlich heißen sollte, dass sie nicht vorhatte, auf dieses Thema weiter einzugehen. Vor Max stellte sie eine Tasse ab und goss ihm aus einer Porzellankanne ein. »Zucker oder Milch?«

»Schwarz, bitte.«

Plötzlich betrat ein Mann die Stube und stutzte, als er Max auf der Bank entdeckte. »Ich wusste ned, dass du Besuch erwartest, Mama?« Das war also Menhart junior.

»Das ist mein Florian«, wandte sie sich kurz an Max, bevor sie ihrem Sohn durch eine Geste zu verstehen gab, sich zu ihnen zu setzen. »Nein, des war a nicht geplant, des ist übrigens der Herr Kommissar ... ähhh ...«

»Kramer, Kripo Mühldorf.«

Florian Menhart wirkte genauso skeptisch wie seine Mutter zuvor. »Is was passiert?« Zögerlich näherte er sich dem Tisch.

»Ja, leider.« Max wiegte seinen Kopf. »Ich brauche dringend die Hilfe von Ihnen und auch der ganzen Nachbarschaft.« Max wusste, dass man zuerst immer das Helferbedürfnis des Gegenübers aktivieren musste, um einen Schritt nach vorne zu kommen. Und tatsächlich bemerkte er, nachdem das Wort »Hilfe« seinen Mund verlassen hatte, dass bei Florian nach und nach die Skepsis aus seinen Gesten und seiner Mimik zu weichen schien.

»Also bitte«, forderte Florian Menhart Max auf, mit dem Thema herauszurücken, während er sich einen Stuhl vom Tisch heranzog.

»Wir brauchen fürs Erste nur ein paar Informationen. Das wird keine fünf Minuten in Anspruch nehmen. Alles ganz easy.« Max hoffte, das so locker wie möglich ausgesprochen zu haben.

Seine beiden Tischnachbarn schienen den Inhalt seines Satzes stark zu bezweifeln, nicht nur das mit den »paar Informationen«, sondern auch das mit den »fünf Minuten«. Besonders schien sie allerdings sein gebrauchter Anglizismus zu stören. Mutter und Sohn tauschten einen argwöhnischen Blick, als Max das Wort »easy« einflocht, sodass er bereits befürchtete, die Sache hier doch falsch anzupacken. Irgendwie überkam ihn das Gefühl, dass beide ahnten, dass er früher oder später den Namen Mathias Spögler ins Spiel bringen würde. Max war sich noch unschlüssig darüber. Sollte er das wirklich tun oder nur von einem Gewaltverbrechen sprechen, um später auf der Kriminalpolizeistation die Bombe platzen zu lassen?

Die gute alte Überrumpelungstaktik. Oder könnte es ihm vielleicht sogar nützen, es gleich hier zu sagen?

»Wir ermitteln im Mordfall Dr. Mathias Spögler.«

»Der is endlich hin?«, entfuhr es der alten Menhart. Ihr Blick richtete sich direkt auf das Kruzifix in der Ecke und sie bekreuzigte sich.

Ihr Sohn hingegen sprang ungehalten auf und ließ seine Handfläche mit voller Wucht auf die Tischplatte klatschen. »Da is es ja dann klar, dass die Polizei als Erstes bei uns vorbeischaut. Ham Sie keine anderen Verdächtigen?«

»Bitte?« Max bot sein ganzes schauspielerisches Talent auf. Dass der junge Menhart gleich so ausflippen würde, fand er gelinde gesagt interessant. Menhart verschränkte trotzig seine Hände vor dem Bauch. »Meine Mutter hat seit Jahren Schlafstörungen. Wirklich ein Ende wird es nie geben, aber vielleicht eine Möglichkeit für uns, damit umzugeh'n. Verstehen S'? Wir wollten mit der Sache eigentlich irgendwann abschließen.«

»Welche Sache? Hören Sie, ich glaube hier liegt ein Missverständnis vor.« Max spielte weiterhin den Ahnungslosen.

Wieder tauschte Florian mit seiner Mutter einen intensiven Blick aus. Er wirkte plötzlich verunsichert. »Sie sind also nicht wegen meines verstorbenen Vattas hier?«

»Nein. Wie kommen Sie darauf?«

Zaghaft bewegte die alte Menhart ihren Oberkörper nach vorn und musterte Max. »Wie lange sind Sie denn schon bei den Kriminalern, Kommissar Kramer?«

»In Mühldorf ungefähr ein Jahr, davor längere Zeit in München.« Das war Max' erste Wahrheit seit fünf Sätzen.

Zögerlich nahm Florian wieder Platz. Seine Augen betasteten Max unsicher von der Seite. »Kann das sein«, er machte eine Pause »dass Ihrer Familie des Hotel zur Post in Altötting gehört und Ihr Vater früher amal in der Politik gewesen ist?«

Max nickte freundlich. »Beides trifft zu.«

»Und Sie sind wirklich nicht wegen meim Vatta da?«, vergewisserte sich Florian Menhart erneut.

Die private Schiene hatte er nicht einmal selbst anschneiden müssen. Das sollte seine Grundlage werden. Diesmal war Max sich sicher, dass er dabei war, das Vertrauen seines Gegenübers zu gewinnen. »So wenig ich möchte, dass es hier um meinen Vater geht, geht es hier um Ihren, Herr Menhart.«

»Okay. Erzählen Sie mal, was passiert ist und wie wir Ihnen helfen können.«

*

Walter Obermüller ließ den Motor weiterlaufen und stierte auf den Schlosseingang. Larissa hatte ihn gebeten, mit seinem Mercedes unten zu warten, denn sie wollte die Unterredung partout nicht im Schloss oder gar in der Öffentlichkeit führen. Endlich schwang das Tor auf und Larissa Vermehr huschte ins Auto auf die Beifahrerseite. Auf ihn wirkte das, als wolle sie mit ihm nicht gesehen werden, was aber unmöglich war, denn mehrere Männer einer Cateringfirma waren dabei, in Plastikfolie gewickelte Trolleys mit Essen von einem Kastenwagen ins Gebäudeinnere zu schieben.

In Windeseile nahm sie an seiner Seite Platz, rutschte seinen Krückstock Richtung Gangschaltung, um ihre Beine ausstrecken zu können, nestelte am Gurt herum und sprach währenddessen, ohne dabei Luft zu holen. »Fahr! Irgendwohin. Richtung Mühldorf oder Altötting, an den Waldrand. Mir egal. Nur fahr. Gib Gas.«

Seine rechte Hand zitterte leicht, als er den Rückwärtsgang einlegte. »Willst du …?«, wandte er sich an Larissa.

Ihren Zeigefinger auf die Lippen legend unterbrach sie ihn. »Nachher.«

Walter Obermüller fuhr zuerst gedankenverloren Richtung Altötting, bis ihm der stillste und einsamste Platz der Gegend in den Sinn kam: der Friedhof von Tüßling in Burgkirchen am Wald. Ihm war dieses Gräberfeld erschienen, das wie eine eigene Gemeinde angelegt war. Zwei Wohnhäuser, ein Wirtshaus, eine Kirche und mehr als tausend Gräber auf einem kleinen Hügel vereint, der komplett von Wald umschlossen war. Also lenkte er seinen Wagen bei der Ausfahrt des Marktplatzes nicht nach links, sondern kurzerhand nach rechts auf die Burgkirchener Straße.

Larissa wurde neben ihm unruhig. »Warum um Gottes willen fährst du bitte schön zu Hias' Praxis?«

Die Spögler-Praxis lag unterhalb dieses überdimensionierten Totenackers, wenn man die Abzweigung rechts liegen ließ und gute fünfzig Meter weiterfuhr. Dahin wollte er ja gar nicht, aber das konnte ihr nicht bewusst sein. »Larissa, ich …«

»Bleib stehen! Wir können nicht einfach bei Andreas und Romy auftauchen.« Ihre Stimme wurde immer lauter.

»Atme einmal ordentlich durch. Ich fahre rauf zum Friedhof«, setzte ihr Walter leise entgegen.

Larissa schien sich zu beruhigen.

Oben angekommen, bog er auf den Parkplatz vor dem gotischen Gotteshaus ein, der zwischen dem alten und dem neuen Teil des Friedhofs lag. Er drosselte die Geschwindigkeit, parkte, zog den Zündschlüssel heraus und begann zu schweigen, ganz bewusst. Sie sollte beginnen. Walter hatte das Gefühl, als würde ihm jetzt erst wirklich klar werden, was sich hinter dem Satz »Hias ist tot« verbarg. Seinen Freund, mit dem er gestern noch zu Abend gegessen hatte, würde er nie wieder sehen. Nie wieder würden sie ein Wort wechseln können.

Seine Sitznachbarin blieb still. Das einzige Geräusch im Wagen kam vom Schnappverschluss seines Handschuhfachs, welchen Larissa nervös aufspringen ließ und mit ihrem Knie wieder verschloss. So vergingen fünf Minuten, die Walter zeitlos vorkamen. Plötzlich stöhnte Larissa ungewohnt laut, nahm einen tiefen Atemzug und entleerte ihre Lungen durch einen befreienden Seufzer. »Ich habe nicht nur mit dir eine Affäre.«

»Macht ja nichts«, entgegnete er und fand seine Reaktion schon unangebracht, als er noch dabei war, seine Worte auszusprechen. In ihm herrschte eine vollkommene Leere. Er war mit einer anderen Frau verheiratet und liebte Larissa nicht. Dass er gerade zu keiner Gefühlsregung fähig war, machte ihn verlegen. Weder für Larissa noch für Hias' Ableben hatte er einen Funken Mitleid übrig.

»Ich hatte auch mit Hias eine.«

»Aha.«

»Ja, schon sehr ...«, sie seufzte erneut, »sehr lange.«

»Aha.«

»Sehr lange«, wiederholte sie bedeutungsschwanger.

»Was willst du mir damit sagen?«

»Ich bin am Ende. Bis gestern Abend konnte ich alles geheim halten, das war kein Thema. Ehrlich gesagt, das war alles so weit weg wie der Mars. Doch seit mich vorhin die Todesnachricht erreicht hat, habe ich das Gefühl, verrückt zu werden, wenn ich nicht mit jemandem darüber spreche. Ich bin ...«, sie schniefte, »wie gesagt, am Ende.« Larissa legte ihre Handflächen auf ihr Gesicht und schluchzte.

»Du kannst selbstverständlich mit mir über alles reden.«

Ihr verschwommener Blick sah zu ihm auf. »Hias ist der biologische Vater meines Jüngsten.«

»Aha.«

»Kannst du mal was anderes als ›Aha‹ sagen?«, schrie sie ihn an und ballte ihre Faust, mit der sie sich mehrmals hintereinander auf ihren Oberschenkel schlug. Schmerzverzerrt ließ sie davon ab und fiel zurück in den Beifahrersitz. »Was soll ich jetzt machen? Lui hat gar keine Ahnung, wer Hias wirklich war. Auch mein Exmann weiß nicht, dass Lui ein Kuckuckskind ist.«

Walter blieb ruhig. »Warum muss er oder Lui das denn erfahren? Es ist besser, Dinge ruhen zu lassen, glaub mir. Weiß überhaupt noch jemand davon?«

Sie zögerte. »Nicht wirklich.«

»Was genau heißt?«

»Als ich mit ihm schwanger war, hab ich es mal einer alten Freundin gegenüber erwähnt.«

»Aha. So im Vorübergehen, oder wie habe ich mir das vorzustellen? Mitwisser können äußerst gefährlich sein. Das solltest du in deinem Leben eigentlich bereits gelernt haben.« Skeptisch verzog Walter sein Gesicht.

»Ich musste mich damals irgendwem anvertrauen.«

»Wenn etwas nicht ans Licht kommen soll, darf man mit gar niemandem darüber sprechen. Hat sie bisher dichtgehalten?«

»Sie ist bereits vor Jahren gestorben.«

»Und deine geschiedenen Männer wissen wirklich auch nichts?«

»Nein. Keiner. Wie du annehmen kannst, bin ich gegenüber meinen Männern sehr diskret.«

Walter nickte, denn Larissas Diskretion konnte

er aus eigener Erfahrung bestätigen. »Das stimmt.« Nun überkam ihn sogar ein bitteres Lächeln, denn die Gewissheit, nicht der Einzige zu sein, kratzte an seinem Selbstbewusstsein.

Unvermittelt griff Larissa mit beiden Händen nach seiner rechten. »Wie soll es denn nun weitergehen?«

»Lass Gras über die Sache wachsen.«

»Du meinst nicht, dass ich es vielleicht Andreas oder Lui schuldig bin, dass die Wahrheit auf den Tisch kommt?«

»Was soll das bringen? Dein Sohn ist doch mit der Situation zufrieden, und ob Andreas Spögler darauf erpicht ist, sich mit einem möglichen zweiten Erben auseinanderzusetzen, bezweifle ich stark.«

»Mir ist das Geld doch vollkommen egal.«

»Aber der Gesetzeslage nicht, wenn das offiziell werden sollte, dann wird das Ganze kompliziert. Eine DNA-Untersuchung an einer Leiche … Na toll, da kannst du dich dann mal auf die Presse freuen. Ich seh schon die Schlagzeile: ›Landrätin zwingt Leiche zum Vaterschaftstest‹.«

Larissas Griff lockerte sich. Ihre Handfläche war von einem unangenehmen Schweißfilm überzogen, der sich durch den Hautkontakt gebildet hatte. In Walters Sakkotasche steckte ein Stofftaschentuch, das sie ungefragt herauszog, um sich zu trocknen, was er kommentarlos geschehen ließ.

Walter runzelte die Stirn. »Mit wem von unserem Stammtisch hast du was oder hattest du was am Laufen?«

Von einer Sekunde zur nächsten erstarrte Larissa. Ihre Augen waren regungslos nach draußen gerichtet. Wie eine schöne Statue aus kaltem Beton kam sie Walter auf einmal vor.

»Fräulein Schosi schließe ich aus«, setzte er trocken hinzu.

Larissa stopfte das Einstecktuch zurück in Walters Sakko. »Nur mit dir und Hias.«

»Aha.«

*

Seit Max bei der Polizei war, hatte er im Laufe einer Ermittlung noch nie so schnell einen Verdächtigen als Täter ausgeschlossen wie Florian Menhart. Nur weil er ihm irgendwie während des Gesprächs sympathisch geworden war. Er traute ihm weder zu, die Spöglers jemals tyrannisiert, noch gestern Nacht einen Bolzen in das Hirn des Tierarztes getrieben zu haben. Er war ein liebevoller Papa und guter Sohn, den die Trauer um seinen verstorbenen Vater immer wieder einholte.

Nun musste Max sehr vorsichtig sein, denn er hatte Angst, sein Bauchgefühl in diesem Fall über die Faktenlage zu stellen, denn die Menharts standen nach wie vor an oberster Stelle auf der Verdächtigenliste. Wenn er dem Fäustl sagen würde: »Du, wir streichen den jungen Menhart einfach aus der Gruppe der potenziellen Mörder«, dann würde der ihm nicht nur zu Recht einen verständnislosen Blick schenken, sondern mit an Sicherheit grenzender Wahrscheinlichkeit einen Vogel zeigen.

Mal schauen, was der Schriftvergleich ans Tageslicht bringen würde. Zusammen mit der Menhart-Mutter hatten sie zu dritt eine Karte und Namensliste der Nachbarschaft aufgesetzt. Max hatte einfach behauptet, dass es für seine Ermittlungen nötig wäre, genau zu wissen, wer alles in der Gegend wohnt. Vielleicht würden die Fotos von den Hauswandschmierereien auf Andreas Spöglers Handy ausreichen, um die Handschriften miteinander vergleichen zu können.

Sein Weg zur Kriminalpolizeistation führte ihn über die Käffer rund um Altötting bis nach Mühldorf. Kurz vor dem Ortsschild erhielt er einen Anruf vom Spusi-Toni.

»Was gibt's Neues?«, fragte Max ohne Begrüßung.

»Kannst du bitt schön Blumen von der Tanke mitbringen?«

»Welchen Geburtstag haben wir scho wieder vergessen?« Falls es sich um eine weibliche Kriminalkollegin handelte, war das egal, denn im Team legten sie nicht viel Wert auf Geburtstage oder Jubiläen. Aber sein Brustkorb zog sich zusammen, falls es eine Schreibkraft aus dem Büro war, dann gnade ihnen Gott. Die Schreibtischdamen konnten bei nicht genügend gewährter Aufmerksamkeit über Wochen auf stur, vollkommene Ignoranz und Arbeitsverweigerung schalten.

»Nix Geburtstag.«

Max atmete auf »Na, Gott sei Dank, des hätte mir gerade noch gefehlt.«

»Die sind für die Mieze aus der Verwaltung. Und

wir beide schreiben nachher eine Karte mit einem ›schönen Gruß‹ vom Fäustl.«

»Muss des sein?«

»Ja, vielleicht malen wir sogar noch ein Herzerl drauf. Sie findet dann die Blumen auf ihrem Schreibtisch, ist hin und weg. Dem Fäustl sagen wir, sie hätte ein Auge auf ihn geworfen. Ihr sagen wir es umgekehrt und der Rest regelt sich von ganz allein.« Die Begeisterung in Tonis Stimme ließ Max nichts Gutes befürchten. Er hatte Angst, dass sie in dieser Angelegenheit doch die falschen Schritte unternahmen und im Endeffekt einen Freund verletzten und ihn nicht bei der Findung seines Glücks unterstützen würden. »Du, Toni, ich weiß ned …«

»Doch, bitte. Wennst wieder da bist, gehen wir meinen Plan Schritt für Schritt durch.«

»Gibst ja eh keine Ruhe sonst. Ich hab da übrigens noch was für deinen Schriftexperten.«

»Profiler oder Abgleich?«

»Bloß ein Abgleich, des wird bei euch hoffentlich ned allzu lange dauern.«

»Übet euch in Geduld, sagte der Herr, als er zu den Ungeduldigen im Tempel predigte.«

»Seit wann bist du bibelfest?«

»Seitdem ich dieses Zitat des Herrn erfunden habe.«

»Dafür landest du sicher in der Hölle.«

»Glaubst du, dass die Kirche das mit ihrer gepredigten Weisheit und den Gläubigen sonst anders macht? Jeder Pfarrer tut immer total allwissend, aber kein Mensch kann einen solchen Schinken wie die Heilige Schrift wirklich auswendig. Das ist schlichtweg unmöglich.«

»Bis gleich.« Max beendete die Verbindung.

IV. AUF DER GANZEN UNGEHEUREN FLUR

Walter fuhr zum seitlichen Eingang des Parks, da Larissa ihr Schloss nicht über den Haupteingang betreten wollte. Sich möglichst unauffällig hineinzustehlen, war nur über die Gartenfront möglich, das wusste er aus eigener Erfahrung. In diesem Moment war Larissas Mutter vorne mit den Angestellten dabei, das Catering für den kommenden Abend in Empfang zu nehmen. Definitiv zu viele Zeugen, die sie zusammen sehen würden und nach dem Grund seiner Anwesenheit fragen könnten. Hier würden sie nicht auffallen.

Gerade als Larissa die Hand an den Gurt legte, um sich abzuschnallen, klingelte ihr Telefon. Der Name »Berti« leuchtete auf ihrem Display. Sie hielt es ihm entgegen und zuckte verständnislos mit den Schultern. »Was will denn der jetzt?« Larissa legte kurz ihren Zeigefinger auf die Lippen, um Walter zu zeigen, sich lautlos zu verhalten. So als wäre er gar nicht anwesend. Damit Engelbert Molaufer nicht mitbekam, dass sie hier zu zweit saßen. Dann nahm sie den Anruf entgegen und stellte auf Freisprechen.

»Larissa«, hörten beide die dunkle Stimme des Altöttinger Bürgermeisters.

»Ja?«

Molaufer ließ ihrem Namen nichts weiter folgen, nur seine schweren Atemzüge drangen aus dem Lautsprecher.

»Berti, geht es dir gut?«, durchbrach Larissa die Pause.

Molaufer seufzte. »Na ja. Hias ist …«

Larissa ließ ihn nicht ausreden und wurde unerwartet laut. »Das weiß ich schon.«

»Ich habe etwas für euch«, sagte Molaufer daraufhin zögerlich.

»Euch?«, entfuhr es Larissa und sah sich erschrocken um, ob sie irgendjemand in diesem Moment beobachtete. Woher wusste Molaufer, dass sie gerade nicht alleine war?

»Für dich und Lui«, erklärte Molaufer.

Erleichtert lehnte sie sich zurück. »Was soll das sein?«

»Hias hat mir zu seinen Lebzeiten einen Brief für euch beide anvertraut. Nun ist er tot und ich habe ihm versprochen, dir und Lui den Brief ohne Aufschub vorzulesen, sobald ich von seinem Ableben erfahre.«

»Was heißt das?« Larissa begann, am ganzen Körper zu zittern.

Walter blickte zu ihr hinüber. Gerade hatte er selbst unglaubliche Angst, in etwas verstrickt zu werden, was er bald nicht mehr kontrollieren und das am Ende seine Ehe gefährden könnte.

»Larissa, bitte komm mit Lui bei mir im Rathaus vorbei. Jetzt sofort.«

»Der hat Nachmittagsunterricht am Gymnasium.«

»Dann hol ihn ab. Das Gymnasium ist ja um die Ecke. Diese Sache duldet keinen Aufschub mehr. Ich bin bis abends in meinem Büro im Rathaus.«

Es klickte in der Leitung. Molaufer hatte aufgelegt.

Walter stierte bewegungslos nach draußen. Ein Wummern begann hinter seiner Schläfe. Diese kleine, diskrete Affäre mit Larissa hatte sich in einen Strudel verwandelt, der alles an sich zog, verschlang und am Ende drohte, jeden von ihnen in Altötting gesellschaftlich zu vernichten.

»Er weiß es«, sagte Larissa leise und vergrub ihr Gesicht in den Händen. »Nun ist alles aus.«

*

»Und deshalb brauchen wir Ihre Hilfe als Chauffeur.« Den letzten Satz des Monsignore nahm Fräulein Schosi wie aus weiter Ferne wahr. Mit ihrem Ärmel wischte sie sich eine Träne aus dem Gesicht. Es war, als hätte man ihr eben den Boden unter den Füßen weggezogen. Ihr geliebter Hias weilte nicht mehr unter ihnen.

Sie brachte kein Wort heraus, weder Bestürzung noch Trauer oder eine andere Gefühlsregung. Selten in ihrem Leben war sie von einer Nachricht so erschüttert worden. Stocksteif stand Fräulein Schosi vor ihrem Arbeitgeber und der jungen Nonne.

Langsam tapste sie zu ihrem Küchenschrank, nahm eine Flasche Pfefferminzlikör heraus und schraubte vorsichtig den Deckel ab. Nach drei großen Schlucken direkt aus der Flasche setzte sie sich zeitlupenartig auf einen Stuhl, den sie unter dem Küchentisch hervorzog. Dann gingen ihr kurz die Augen über.

Der Monsignore und Maria Evita blickten besorgt auf sie herab. Eine gefühlte Ewigkeit geschah nichts. Keiner wusste, was er oder sie nun noch sagen sollte, um die Situation besser zu machen.

»Kommen Sie«, sagte Fräulein Schosi mit halb erstickter Stimme nach einer Weile des Schweigens und griff nach ihrem Autoschlüssel.

Der Monsignore nickte und bat beim Hinausgehen, den Spöglers sein herzlichstes Beileid auszurichten. Er würde Andi die Tage noch anrufen, auch wegen der bevorstehenden Beerdigung.

Fräulein Schosi war nach dem Schock nun froh, Maria Evita nach Tüßling fahren zu dürfen. Erstens brauchte sie irgendeine Ablenkung, denn im Hause des Monsignores würde ihr in den nächsten Stunden sicher vor Trauer die Decke auf den Kopf fallen. Und zweitens war es der Nächstenliebe geschuldet, Hias' Sohn und dessen Schwiegertochter nun selbstverständlich die Hilfe anzubieten, die sie benötigten. Wobei sie stark bezweifelte, dass Maria Evita dafür die richtige Person war, denn in ihren Augen hatte die Novizin zwei linke Hände und ein Verständnis für haushälterische Tätigkeiten wie ein Blinder für Farbe.

Schweigend stiegen die beiden Frauen ins Auto. Fräulein Schosi schluckte ihre Tränen hinunter, legte den ersten Gang ein und trat aufs Gas, dass Maria Evita in ihren Sitz gepresst wurde und sich an der Beifahrertüre festklammerte. Mit überhöhter Geschwindigkeit steuerte Fräulein Schosi ihren alten Golf durch die engen Straßen der Kreisstadt.

Als sie am Altöttinger Kreisverkehr bei einem großen Fast-Food-Restaurant abbog, brach es plötzlich aus ihr heraus. »Heilige Mutter Anna, so ein Mist aber auch!« Sie schnalzte wütend mit ihrer Zunge, um dann von Neuem anzusetzen. »Nie! Nie hätten die mit diesem Schmarrn da anfangen dürfen«, schimpfte Fräulein Schosi am Steuer und kam damit auf den gestrigen Abend zu sprechen. »Kreizbirnbaumhollerstauan, des haben sie jetzt davon, wenn man das Schicksal herausfordern muss. Eine Probeleich veranstalten! So eine Überheblichkeit. Ich war ja von Anfang an dagegen, aber auf mich hat mal wieder keiner hören wollen.«

»Könnten Sie bitte ein bissal langsamer fahren?«

Es wirkte, als hätte Fräulein Schosi die Frage absichtlich nicht verstanden. Denn anstatt die Geschwindigkeit zu drosseln, wurde sie auf der Allee zwischen Altötting, Tüßling und Heiligenstatt immer schneller. Maria Evita machte sich ernsthaft Sorgen um ihr Leben. Die Bäume zu beiden Seiten zogen bedrohlich schnell an ihnen vorbei. Sollte Fräulein Schosi in ihrem aufgewühlten Gefühlszustand nur einen kleinen Schlenker zu viel machen, würde sie ihren Wagen an einen der Stämme lenken. Maria Evita malte sich bereits ihr Ende an einer Eiche oder Kastanie aus. Welche Baumart war wohl angenehmer, um daran zu zerschellen? Schnell schob sie den unbequemen Gedanken beiseite.

Plötzlich tauchte am rechten Straßenrand eine Polizeikelle auf. Fräulein Schosi legte eine Vollbremsung hin. Der Gurt schnürte sich in Maria Evitas Oberkörper. Als sie vor Schmerzen stöhnte, streifte Fräulein Schosi sie mit einem tadelnden Blick. »Also, so schlimm war des jetzt a wieder ned.«

Mit Schrittgeschwindigkeit näherten sie sich zwei Polizisten, die auf einer abgehenden Straße vor einem landwirtschaftlichen Lagerhaus standen. Auf der Wiese daneben hatten sie ihren Polizeiwagen geparkt. Der jüngere winkte sie mit der Kelle zu sich heran, während der ältere, mit einem Klemmbrett in Händen, im Hintergrund wartete.

Fräulein Schosi kannte beide. Der ältere Beamte war Seppi Meyerling, seinen jüngeren Kollegen identifizierte sie als Enkel ihrer Frauenbundkollegin Schinkenstuber. An seinen Vornamen konnte sie sich nicht erinnern, denn von Kindheit an hatte sie den Kleinen nur »Schinke« genannt.

Als sie ihr Fenster herunterkurbelte, sah sie in dessen Augen ein nervöses Zucken. Sein Blick wanderte zwischen ihr und Meyerling in rasender Geschwindigkeit hin und her, als würde er ein Tennismatch beobachten. Seltsam! Außerdem atmete er schwer. Hatte der Kleine am Ende gerade einen Sprint hingelegt?

»Grüß Gott«, richtete er keuchend das Wort an die beiden Autoinsassen. »Wir machen hier eine Verkehrskontrolle in puncto Fahrtüchtigkeit.«

»Am helllichten Tag?«, entfuhr es Fräulein Schosi verständnislos.

»Mein Name ist Schinkenstuber ...«

Seppi Meyerlinger kratze mit einem Stift über sein Klemmbrett, als würde er etwas notieren. »Du brauchst dich nicht vorzustellen«, rief er seinem Kollegen zu.

»Ach so, ja, also wir machen eine Verkehrskontrolle in puncto Fahrtüchtigkeit.«

»Des hast scho g'sagt, Schinke.« Fräulein Schosi wurde ungeduldig.

»An der Stelle kommt das Sprüchal«, hörte Maria Evita wieder Seppi Meyerlings Stimme.

Schinke nahm einen tiefen Atemzug. »Haben Sie vor dieser Fahrt Alkohol zu sich genommen?«

»Ähhhhhhh!«

Oh mein Gott! Maria Evita dachte an den Pfefferminzlikör. Das könnte nun unangenehm werden.

»Sind sie mit einer freiwilligen Kontrolle einverstanden? Also täten Sie vielleicht, also nur wenn es ...«

»Komm, komm, komm«, sagte Meyerling. »Des muss flüssiger gehen.«

Maria Evita warf Seppi Meyerling einen fragenden Blick zu, denn ihr war nicht klar, welche Rolle Meyerling selbst in dieser kuriosen Szene spielte. Umgehend beantwortete er ihren Gesichtsausdruck. »Schwester, der Schinkenstuber ist eine Verkehrskontrolljungfrau. Er is ja noch in der Ausbildung und macht bei uns g'rad ein Praktikum. Ich übe das heut mit ihm.«

»Gilt das dann überhaupt?«, wandte sich Fräulein Schosi an Meyerling.

»Aber selbstverständlich! Also, Schinke, a bissal schneller.«

Schinke startete einen neuen Versuch. Diesmal zog er sein Tempo an. »Sind Sie mit einer freiwilligen Alkoholkontrolle einverstanden? Also blasen, also täten Sie einmal blasen für mich? Also, in so a Gerät rein, nicht mir einen blasen, also wirklich blasen, nicht lutschen! Herrgott, ich mein das überhaupt nicht sexuell …«

Maria Evita versank vor Scham in ihrem Sitz. Schinke tat ihr wirklich leid, denn sie sah ihm an, dass er erst jetzt begriff, was er da gerade von sich gegeben hatte. Seine Gesichtsfarbe wechselte von bleich auf kirschrot.

Seppi Meyerling hingegen brach währenddessen vor Lachen zusammen und schlug am Boden liegend mit seiner Faust immer wieder auf die Straße ein. »Einen blasen«, gluckste er. »Einen blasen!«

»Ja, du greisliga Hundsgrippe, du«, schrie Fräulein Schosi aus dem Auto heraus. »A Watschn g'hört dir! Nix wie Schweinereien im Hirnkastl drinnad. Des sag ich deiner Oma. Du, dann kannst was erleben. Die haut dich mit dem Ochsenfiesl ums ganze Haus umme, bis du nimmer sitzen und wieder klar denken kannst.«

Schinkes Mundwinkel hatten inzwischen sein Kinn erreicht. Langsam erhob sich Meyerling vom Boden.

Immer wieder versuchte er, seine Kontrolle zurückzugewinnen und sein Lachen zu unterdrücken, was ihm aber erst wirklich gelang, als er neben seinem Kollegen stand und ihm einmal freundschaftlich auf die Schulter boxte. »Nix für ungut. Ich lach dich ned aus. So was Lustiges hab ich halt noch mit keinem Polizisten in Ausbildung erlebt.«

Durch das heruntergekurbelte Fenster sah ihn Fräulein Schosi böse an. Meyerling beugte sich zu ihr hinunter. »Des tut mir echt leid, aber beim ersten Mal ist ma halt immer a bissal aufgeregt.« Plötzlich stutzte er. »Sie riechen ganz schön nach Alkohol, Fräulein Schosi.«

»Heilige Maria, Mutter Gottes.« Maria Evita ließ ihre Hand zu ihrem Rosenkranz in der Tasche ihres Habits gleiten. Fest drückte sie die Perlen und das Kreuz in der Hoffnung, Fräulein Schosi würde nun richtig reagieren. Am besten wäre es, ruhig zu bleiben und alles abzustreiten. Doch weit gefehlt.

»Na ja, vorher hatte ich ein paar klitzekleine Schluckal Pfefferminzlikör.«

»Steigen Sie doch bitte mal aus.« Die beiden Polizisten wechselten einen ernsten Blick und traten einen Schritt zurück.

»Den Teufel werde ich tun.« Mit dem Zeigefinger tippte sich Fräulein Schosi an ihre Stirn. »Ich bin hier in einer Ausnahmesituation und Sie als unsere Freunde und Helfer werden das verstehen und mich jetzt gefälligst weiterfahren lassen. Ham S' des?« Sie drehte den Zündschlüssel.

Maria Evita sah sich und Fräulein Schosi bereits wegen Widerstands gegen die Staatsgewalt in Handschellen hinter Gittern in der Altöttinger Polizeistation sitzen. Sie flehte zu Gott, dass ihre Fahrerin nun einfach schweigen möge und den Motor wieder abstellen, um die Situation nicht doch noch eskalieren zu lassen.

»Jetzt hören S' mir mal zu ...« Detailreich begann Fräulein Schosi vom gestrigen Abend zu erzählen, dann vom Tod des Tierarztes, als weiteren Punkt faselte sie von Nächstenliebe, um immer wieder mit dem katholischen Frauenbund und der Rache durch Schinkes Omas Ochsenfiesel zu drohen. Zu guter Letzt setzte sie ihren Fuß aufs Gaspedal und fuhr einfach davon.

Erschrocken drehte sich Maria Evita um und betrachtete durch die Heckscheibe die beiden verdutzten Polizisten, die immer kleiner wurden. Sie bekam Gott sei Dank nicht mehr mit, wie Schinke entschlossen zu seiner Dienstwaffe griff und seinen Vorgesetzten Meyerling fragte: »Kommt jetzt der Warnschuss?«

Seppi Meyerling drückte die Pistole in Schinkes Händen nach unten, da dieser tatsächlich schon dabei war, seine Waffe zu entsichern. »Sag amal, bist du narrisch? Du kannst doch ned einfach in der Gegend rumballern! Der ganze Bua ein Depp. Die Schosi dawisch ma scho noch ein andermal.«

*

Larissa schloss hinter sich die weiße Türe. Engelbert Molaufer saß an seinem Schreibtisch und war in Akten vertieft. Er hob den Kopf und bemerkte, dass sie ohne ihren Sohn gekommen war. »Wo ist der Lui?«

»Draußen in deinem Vorzimmer bei der Romanescu. Ich will erst genau wissen, was in Hias' Brief steht, bevor ich ihn dazuhole«, sagte Larissa und schritt durch den kleinen engen Raum auf zwei hohe Fenster zu, die auf den nördlichen Teil des Kapellplatzes hinausgingen. Sie blieb mit dem Rücken zu Molaufer stehen und richtete ihren Blick nach draußen auf den barocken Bau der bischöflichen Administration.

»Hias hat aber mein Ehrenwort damals bekommen, dass ich ihn euch beiden gleichzeitig vorlesen werde.«

Sie drehte sich um. »Du weißt doch sicher, was drinsteht. Glaubst du, dass es gut ist, einem Fünfzehnjährigen ganz unvorbereitet die Wahrheit über seinen Erzeuger zu präsentieren?«

»Bisher wusste ich über den Inhalt nicht Bescheid, aber nun kann ich mir vorstellen, worum es geht.«

Auf Larissas Stirn bildete sich ein Schweißfilm. »Gib ihn mir, bitte.« Sie tat einen Schritt auf Molaufer zu.

»Nein.«

Sie begann zu schluchzen. »Bitte!«

»Ich werde ihn dir und deinem Sohn gemeinsam vorlesen. Ich fühle mich dazu verpflichtet. Aus, Äpfel, Amen!« Mit seinem Finger betätigte Molaufer die Sprechanlage, die ihn mit seinem Vorzimmer verband. »Frau Romanescu, schicken Sie mal bitte den Lui zu uns rein.«

»Mach uns nicht unglücklich.«

Der Eingang ging auf und Lui Vermehr betrat den Raum. »Guten Tag.« Weder Molaufer noch Larissa erwiderten den Gruß. Sie froren in ihrer Haltung buchstäblich ein.

Die Vorzimmerdame schloss umgehend hinter ihm die Türe. In sicherer Entfernung zu seiner Mutter und zu Molaufer blieb Lui stehen und ließ seinen Blick durch das Büro des Bürgermeisters schweifen. Sein Gesichtsausdruck war ernst. Es schien, als ahne er bereits, dass nichts Gutes auf ihn zukommen würde. Seine Augen blickten nervös umher, aber fanden nirgends Halt. An der Wand hingen bis hoch zur Decke Porträts von allen Vorgängern Molaufers sowie unterschiedliche Urkunden und Auszeichnungen. Links neben dem Eingang stand eine Replik der Schwarzen Madonna von Altötting. In einem Regal rechts stapelten sich Bücher, Auszeichnungen, Gastgeschenke von Pilgerabordnungen aus der ganzen Welt, Kerzen, katholische Fanschals und Fotos aus der langen Karriere des Altöttinger Bürgermeisters. Die kleinteilige Sammlung zog Luis Aufmerksamkeit auf sich. Nachdem seine Mutter und Molaufer keine Anstalten machten, ihm zu erklären, was er genau hier sollte, ging Lui darauf zu und zog ein Foto aus dem Regal, auf dem er seine Mutter erkannt hatte. Sie stand hochschwanger neben dem Bürgermeister sowie anderen Honoratioren der Kreisstadt und hielt den Schal eines fränkischen Fußballvereins in die Höhe.

»Wann war das?«

»Zeig her«, gab Larissa ihr Schweigen auf. Sie nahm ihm das Bild aus der Hand und hielt es ins Licht. »Vor achtzehn Jahren, als der Ministerpräsident zu uns gepilgert ist, weil sein Lieblingsverein in der Saison nicht abgestiegen ist.«

»Äußerlich habt ihr euch nicht besonders verändert«, sagte Lui und entlockte seiner Mutter für das Kompliment ein flüchtiges Lächeln.

Molaufer räusperte sich. »Lui, warum ich dich herbitten habe lassen …«

»Berti, muss das wirklich sein?«, unterbrach ihn Larissa, doch Molaufer zog bereits einen Brieföffner aus seiner Schreibtischschublade, während er mit der anderen Hand den noch geschlossenen Umschlag hochhielt.

»Heute Nacht ist Dr. Spögler ums Leben gekommen. Für dich und deine Mutter hat er vor Jahren bei mir einen Brief deponiert, den ich euch jetzt vorlesen werde.«

Neugierig griff sich Lui einen Stuhl, der gegenüber von Molaufer stand, und setzte sich, ohne auch nur eine Spur der Erschütterung durch die Todesnachricht zu zeigen. Seine Mutter postierte sich demonstrativ am Fenster und wandte beiden ihren Rücken zu.

»Du kannst gerne stehen bleiben, aber ich vermute, dass es für dich besser ist, dich hinzusetzen, Lara«, sagte Molaufer. »Außerdem habe ich gerade keine Lust, weiter zu dir aufzublicken.«

*

Im Spögler'schen Wohnzimmer hatte Maria Evita mit Fräulein Schosi zur selben Zeit bereits Platz auf dem Sofa genommen. Sie hatten Romys Haus unter lauten Beileidsbekundungen förmlich gestürmt. Wegen ihres Handicaps hatte sich Romy kaum dagegen wehren können. Ihr Mann war seit gut zwei Stunden unauffindbar. Er hatte vor, bei einem einsamen Spaziergang den Tod seines Vaters zu begreifen. So musste sie hilf- und tatenlos zusehen, wie die katholische Invasion in ihr Haus eingedrungen war. Nachdem sie den beiden Frauen die Haustüre geöffnet hatte, hatten sie ohne Punkt und Komma auf sie eingeredet. Kraftlos hatte Romy dieses Spektakel hingenommen. Nicht einmal die Zeugen Jehovas waren jemals so penetrant gewesen. Romy war müde und seit Max die Todesnachricht überbracht hatte, wirkte dieser ganze Tag sowieso surreal auf sie. Sie hoffte, irgendwann einfach aufzuwachen und festzustellen, dass sie alles nur geträumt hatte.

Gut, auf der einen Seite konnte sie jetzt wirklich jegliche Unterstützung brauchen, aber auf der anderen Seite fühlte sich richtige Begeisterung anders an. Dieser Plan, dass ihre ehemalige Mitschülerin und diese dicke Pfarrersköchin bei ihr als Haushaltshilfen anfangen wollten, klang vollkommen absurd.

Romy war skeptisch. »Sie möchten uns also allen Ernstes gemeinsam mit der Vevi hier beim Waschen und Kochen unterstützen?«, fasste sie den Inhalt des eben Gehörten zusammen.

»Ich nenne mich jetzt übrigens Maria Evita. Seitdem ich eingetreten bin, lege ich Wert auf meinen vollen Namen«, wandte ihre ehemalige Mitschülerin ein.

Fräulein Schosis Gesicht wirkte für einen kurzen Moment amüsiert. »Das haben Sie jetzt falsch verstanden, Frau Spögler. Ich bin nur das Taxi. Die Schwester will das ganz allein erledigen.«

»Echt?« Die Skepsis in Romys Gesicht wollte nicht weichen.

»Ich bin bei dieser Idee auch eher verhalten, aber angeblich kann sie das«, feuerte Fräulein Schosi eine Spitze in Richtung der jungen Novizin ab.

Maria Evita entschied sich dagegen, darauf etwas zu erwidern. Es hatte keinen Sinn, sich wegen des alten Drachens aufzuregen.

»Andi und ich leben aber vegan.«

»Also bloß Gemüse«, nickte Fräulein Schosi.

»Wunderbar. Das bekomme ich hin. In meinem Leben habe ich schon ganz andere Herausforderungen gemeistert.«

Als Maria Evita ihren Satz beendet hatte, lachte Fräulein Schosi abfällig. »Ja, sicher.«

Warum konnte Fräulein Schosi nicht einfach mal nur nett sein? Die aufkeimende Wut in ihrem Bauch durfte jetzt nicht an die Oberfläche gelangen. Sie griff zu ihrem Rosenkranz und bat den Herrgott um Ruhe und Mäßigung. Im nächsten Augenblick ertappte sie sich allerdings dabei, den lieben Gott um einen tödlichen Verkehrsunfall zu bitten. Gut, eine weitere Polizeikontrolle für Fräulein Schosi würde es auch tun. Gleich das Äußerste in Betracht zu ziehen, rief ein zu schlechtes Gewissen hervor.

»Fräulein Schosi, danke fürs Herbringen. Romy und ich müssen uns mal unter vier Augen unterhalten.«

»Das finde ich auch«, sagte Romy.

»Bin scho weg.« Die Angesprochene erhob sich unter einem Ächzen von der Couch und stampfte dem Ausgang entgegen.

*

Nachdem sich Larissa doch dazu hatte bewegen lassen, sich endlich zu setzen, öffnete Molaufer Hias' Brief und schob seine Lesebrille auf die Nase.

»Liebe Larissa, lieber Lui«, begann Molaufer zu lesen, während die Angesprochene die Hand ihres Sohnes ergriff. »Es ist nun an der Zeit, dass die Wahrheit auf den Tisch gelegt wird. Lui, bitte gib deiner Mutter für nichts, was du jetzt hören wirst, die Schuld. Es war vor allem mein Wunsch, dass wir die Geschichte unter Verschluss halten, denn deine Zukunft und dein Aufwachsen schienen mir so am unkompliziertesten. Lui, ich bin mit an Sicherheit grenzender Wahrscheinlichkeit dein leiblicher Vater und somit ist mein Sohn Andreas dein Halbbruder.«

Ungläubig kniff Lui ein Auge zu. »Ihr verarscht mich jetzt aber nicht, oder?« Er schien eher amüsiert, denn schockiert, und schob die Hand seiner Mutter weg. Aus Lui sprach jugendliche Naivität, die auf Molaufer durchaus sympathisch wirkte. Larissa schloss die Augen, senkte ihr Kinn und schwieg.

Der Bürgermeister schüttelte den Kopf. »Es handelt sich hier nicht um die ›Versteckte Kamera‹. Diesen Brief habe ich verschlossen von Dr. Spögler bekommen. Ob die Fakten so stimmen, Lui, da musst du deine Mama fragen.«

Von Larissa kam keine Reaktion, also richtete Molaufer seine Augen wieder auf das Papier.

»Andreas ist vollkommen ahnungslos, dass er noch einen Bruder hat. Ich hoffe, dass ihr trotz des Altersunterschieds ein gutes Verhältnis aufbauen könnt. Selbstverständlich steht dir dein gerechter Anteil an meinem Erbe zu. Dadurch hoffe ich, wiedergutmachen zu können, was ich bisher versäumt habe. Bitte streite dich nicht mit Andreas oder meiner Ehefrau, sollte Sie zu diesem Zeitpunkt, da du von meinem Tod erfährst, noch am Leben sein. Larissa, ich bitte dich um Verzeihung, dass ich eigenmächtig entschieden habe, in diesem Brief reinen Tisch zu machen, aber es belastet mich, nie zu meiner Vaterschaft gestanden zu haben. Im Laufe eines Lebens sammelt sich vieles an, was man nicht hätte tun dürfen. Dir, lieber Lui, nun die Wahrheit zu erzählen, ist mir ein ehrliches Bedürfnis. Ob es das Richtige ist und sich im Urteil des ewigen Richters mildernd für mich auswirken wird, kann ich zum jetzigen Zeitpunkt nicht sagen. Aber sollte dem so sein, dann bin ich mir trotzdem verdammt sicher, dass er mich in die Hölle schickt, denn für das Paradies ist mein Sündenregister zu lange, Milderung durch deine Vergebung und Fürsprache hin oder her. Hab ein gutes Leben! Hias.«

Molaufer legte das Schreiben aus der Hand. Diese Situation war die unangenehmste in seinem bisherigen Leben. Draußen schlug die Glocke der Stiftskirche und ihm war, als würde der Hall die Stille in seinem Büro zum Schwingen bringen.

»Mama, stimmt das?«

Larissa seufzte, dann nickte sie. »Ja, ich denke schon.«

»Dann ist Papa gar nicht mein richtiger Papa?«

»Er war noch nie ein richtiger Vater für dich. Seit unserer Scheidung war er weder für dich noch für mich wirklich erreichbar, also nenn ihn in meiner Gegenwart bitte nicht mehr Papa.«

V. NICHT DIE KLEINSTE FRUCHT!

Die ehrwürdige Mutter Oberin des Altöttinger Nonnenklosters ging nervös in ihrem Büro auf und ab. Eigentlich stand jetzt der Vespergottesdienst auf ihrem Tagesprogramm, aber sie war zu aufgewühlt, um mit ihren Ordensschwestern den Herrn in chorischen Gesängen zu preisen. Der ehemalige Stadtpfarrer Monsignore Hirlinger und seine Hiobsbotschaft hatten nun Vorrang. Sollte sie sich wirklich diese Missachtung ihrer Novizin gefallen lassen? Sich einfach auf und davon zu machen, ohne um Erlaubnis zu bitten, war ein starkes Stück. »Was mir an der ganzen Nummer nicht schmeckt, ist schon wieder diese Kopf-über-Einstellung«, schimpfte sie vor sich hin. »Ruhe und Demut sind nach wie vor Fremdwörter für Schwester Maria Evita. Immer muss sie mit ihrem Kopf durch die Wand.«

»Das nehme ich heute auf meine Kappe und vergessen Sie bitte ihre Jugend nicht.« Monsignore Hirlinger saß vor ihrem großen Eichenholzschreibtisch und hob bedauernd die Hände. »Ich habe ihr sehr dazu geraten, das Kloster zu verlassen und den Spöglers ihre Unterstützung anzubieten.«

»Warum kommt sie nicht selbst und schickt sie vor?«

»Ja, wir haben vorher überstürzt gehandelt, aber manchmal gibt es Dinge, da muss man das Bauchgefühl über den Kopf stellen«, bemühte sich der Monsignore vorsichtig um Schadensbegrenzung. Die Oberin konnte ihre Enttäuschung jedoch nicht verstecken.

»Oder den Egoismus über den Herrn«, strafte sie ihn mit einem wütenden Blick.

»Jetzt sind sie ungerecht, ehrwürdige Mutter.« Er verstummte, als er den Gesichtsausdruck seiner Gesprächspartnerin sah, und erkannte, dass er mit seiner letzten Äußerung ein paar Millimeter zu weit gegangen war.

»Bin ich das?« Die Oberin atmete tief durch. »Vielleicht sollte das Mädel endlich eine Entscheidung treffen. Klostergemeinschaft oder nicht.« Nun herrschte Stille. Das war wirklich der springende Punkt an der ganzen Geschichte.

»Bitte entschuldigen Sie das Wort ›ungerecht‹«, sagte er nach einer kurzen Pause. »Genau um diese Entscheidung treffen zu können, ist es wichtig, dass sie Gutes tut und körperliche Arbeit verrichtet. Dabei kann sie am besten nachdenken und das Für und Wider abwägen.«

Die Mutter Oberin nahm auf ihrem Bürostuhl Platz. Langsam beugte sie sich nach vorn über ihre Arbeitsfläche und sah Hirlinger direkt in die Augen. »Was ist eigentlich aus ihrem Schweigegelübde geworden. Wollte sie nicht bis Ostern keinen Mucks mehr von sich geben?«

»Doch. Aber dieser Todesfall in direkter Umgebung kam dazwischen. Sie wissen selbst, dass wir dazu angehalten sind, unsere Hilfe und Nächstenliebe dem spirituellen Leben überzuordnen.«

Die ehrwürdige Mutter hob ihren Kopf und schien sich stumm mit ihrem Arbeitgeber im Himmel zu beratschlagen. »Also gut«, sagte sie endlich. »Ich erlaube unserer Novizin Maria Evita das Kloster so lange zu verlassen, bis die Familie Spögler wieder alleine zurechtkommt. Nennen wir diese Maßnahme: Dispens.«

»Danke, ehrwürdige Mutter.«

»Aber …« Die Oberin sprang auf und begann, erneut durch ihr Büro zu wandern. »Richten Sie Ihrem Schützling Folgendes aus: Erstens, ich erwarte in naher Zukunft eine Entscheidung, ob sie mit uns in der Gemeinschaft leben möchte oder nicht, inklusive aller Konsequenzen.«

»Und zweitens?«

»Wenn mir noch eine Verfehlung zu Ohren kommt oder ich sogar wieder Zeuge davon werden muss, treffe ich für sie die Entscheidung und werfe die junge Dame in hohem Bogen raus. Und zwar nicht zum nächsten Ersten, sondern mit sofortiger Wirkung. Ich wäre Ihnen sehr verbunden, wenn Sie das wortwörtlich ausrichten könnten.«

*

Blumensträuße von der Tanke sahen für ihn grundsätzlich alle gleich aus. Max hatte sich für rosa Nelken mit irgendeinem schmückenden Grünzeug entschieden. Keine Ahnung, ob sie der »Mieze aus der Verwaltung« gefallen würden. Er kratzte sich nachdenklich am Kopf, während er in der Mühldorfer Kriminalpolizeistation durch die Gänge zur Spurensicherung schritt. Er war gespannt, was der Schriftvergleich ergeben würde und ob dieser den jungen Menhart als den Schmierfinken von Spöglers Fassade entlarvte. Und dann sollte der Spusi-Toni ihn schleunigst über die nächsten Schritte des Fäustl-Verkupplungsplans informieren. Die Tür des Büros der Spurensicherung war nur angelehnt und er hörte von drinnen ein Lachen, das er klar Toni zuordnen konnte, also trat er ohne anzuklopfen ein. »Servus.«

Drinnen saßen sein Kollege und Evi Hauenstein vergnügt am Schreibtisch, nippten an ihren Kaffeetassen und hatten einen gedeckten Apfelkuchen aus der Konditorei am Mühldorfer Stadtplatz vor sich. Diese Zusammenkunft war äußerst bedenklich, fand Max, denn Evi Hauenstein war die sogenannte »Mieze aus der Verwaltung«, mit der Fäustl auf der Faschingsblaulichtparty abgezogen war und die nun zum Dreh- und Angelpunkt von Tonis Verkupplungsversuchen geworden war. Jetzt hielt Max diese Blumenstängel in Händen, und wenn Evi sie schon gesehen hatte, war damit ausgeschlossen, dass sie ihr die Nelken auf den Schreibtisch stellen konnten, um vorzugeben, dass diese vom Fäustl waren. Das war sowieso alles eine hirnverbrannte Spusi-Toni-Idee.

Beim Eintreten räusperte sich sein Kollege geräuschvoll, als ob er Max auf die Anwesenheit von Evi Hauenstein hinweisen wollte. Der Spusi-Toni fragte, ob Max auch einen Kaffee und ein Stück Kuchen möge, was dieser dankend ablehnte.

Die Hauenstein war eine fränkische Blondine, wie sie stereotyper nicht hätte sein können. Sie trug einen modischen grünen Overall, der ihre Hüften besonders betonte, und sobald sie den Mund aufmachte, konnte niemand mehr leugnen, dass diese Walküre aus dem Norden Bayerns stammte.

»Ach geh, horch amal, so a glaans Dässler geht scho, Max!« Sie stutzte plötzlich und sah auf die Nelken in seiner Hand. »Was willst denn mit dem Blummengschmarre da? Wer hat na jetzt scho wieda Geburtsdoch?«

»Mei, für wen ist denn der Strauß?«, fragte der Spusi-Toni scheinheilig. »Kramer, des schaut ja aus, als wärst du als Postillion d'amour unterwegs?« Verschwörerisch zwinkerte ihm der Toni zu und machte eine verstohlene Kopfbewegung in Richtung Hauenstein, die davon nichts mitbekam. Max wäre am liebsten in diesem Moment für immer nach Bad Hinterpfuiteufel strafversetzt worden, als weiterhin Teil dieser Schmierenkomödie sein zu müssen. Er konnte doch jetzt nicht einfach daherschwindeln, dass er die Blumen vom Fäustl bekommen hatte, um sie bei der Hauenstein abzuliefern. Noch dazu mit einem schönen Gruß, wie vorher Toni am Telefon meinte. Das war einfach nur idiotisch. Das würde sie ihm sicher nicht abkaufen.

»Fast wie Gott Amor persönlich«, stichelte der Spusi-Toni weiter. »Sind die am Ende für die Evi?«

Kaum dass der Spusi-Toni ihren Namen ausgesprochen hatte, schnellte die Hauenstein auch schon in die Höhe. »All meine na, des hätt's jetzt echt nedd braucht. Warum nachherd?«

Max wurde rot. »Ähhhhhh …« Er wusste nicht, was er genau erwidern sollte.

»Is des a Liebeserklärung?«, fragte die Hauenstein.

»Ja, aber nicht von mir.« Ohne nachzudenken, hatte dieser Satz Max' Mund verlassen, und nun wollte er sich dafür ohrfeigen.

»Vo wem nachherd?« Die Hauenstein blinzelte ihn erwartungsvoll an.

»Also …«, er stockte. »Also, die sind vom Fritz für dich.« Nun hoffte er, dass sich der Spusi-Toni endlich einklinken würde, denn Max war mit seinem Latein am Ende. In seinem Leben hatte er noch nie jemanden verkuppelt.

»Des is aba lieb«, flötete die Hauenstein und fuhr ihre Arme aus, um das Nelkengebinde in Empfang zu nehmen. »Und ich hab ma scho denggd, dass der Fritz mich seit der Blaulichtparty mit'm Arsch nimmer anschaut.«

Endlich übernahm der Spusi-Toni die Leitung des Gesprächs. »Erst neulich hat er zu mir gesagt, wie charmant er immer deine Gegenwart findet, Evi.«

»Echt?«

»Wenn ich es dir doch sag. Ich glaub, der steht auf dich. Nicht wahr, Kramer?«

»Doch, schon.«

»Die Evi is aber auch ein Geschoss. Gell, Kramer?«

»Doch. Klar.«

»Ich glaub, des hat der Fäustl auch so gesagt. ›Geschoss‹, hat er g'sagt, gell Kramer?«

»Ja. Schon.«

»Und der Kramer meint auch, dass es eine gute Idee wäre, wenn du dich mal mit seinem Kollegen verabreden würdest, gell?«

»Doch. Ja. Schon.«

Evi Hauenstein lächelte verzückt und entblößte ihre weißen Zähne wie in einer Zahnpastawerbung. »Da, Fritz, a so a nedda Kniedlaskupf. Da geh ich do gleich zu ihm nüba und soch dank schee für de Blumma und froch ihn na glei, wo ma hingehen zum Essen.«

Mist! Es war von Anfang an eine schlechte Idee gewesen. Natürlich hätten sie damit rechnen müssen, dass Evi sofort persönlich beim Fritz aufschlagen würde und sich damit ihr ganzer Plan in Luft auflöste, aber so weit hatten sie dann eben doch nicht gedacht. Total kurzsichtig war das alles. Sie mussten vorher dringend mit Fritz reden, damit er sich nicht vollkommen vor den Kopf gestoßen fühlte.

»Der ist nicht da.« Max bekam Panik.

»Grad hab i ihn no in seim Büro g'sehn.« Evi Hauenstein wandte sich zum Gehen.

»Den, den … den darfst jetzt nicht stören«, stotterte Max und warf Toni einen Hilfe suchenden Blick zu, den dieser aber ignorierte und in aller Ruhe einen Schluck Kaffee nahm. »Jetzt sag halt auch mal was, Toni.«

»Evi, sag dem Fritz ruhig, was für ein toller Liebesbote der Max is.«

Warum war sein Kollege jetzt auf einmal so ein Arsch? Warum fiel er ihm ohne Vorwarnung in den Rücken? Max war sprachlos, ließ seine Arme sinken und ergab sich seiner Fassungslosigkeit.

Evi Hauenstein und der Spusi-Toni sahen sich an und begannen zu grinsen, was sich schnell zu einem schallenden Gelächter auswuchs. Nun verstand Max nur noch Bahnhof, doch plötzlich dämmerte ihm, was hier gerade vonstattengegangen war. »Ihr habt mich verarscht, gell?«

Der Spusi-Toni stand auf und klopfte Max auf die Schulter. »Ja, Kramer, des hat jetzt leider sein müssen. Das war die Rache, weil du mich vorher wegen der rosa Hemden vom Fäustl so aufgezogen hast.«

»Ach, Max«, die Hauenstein legte die Nelken auf den Schreibtisch und umarmte ihn. »Also, zum Schluss hast ma, ehrlich g'sagt, fast scho a weng leid dou. Da Toni hat mich nämlich vorher scho grad naus g'frogt, ob ich mia ned vorstelln könnt, den Fritz a bissla aufzumeitern. Da braucht ma dann kaan Verkupplungsplan dafür, weil er mir seit Fasching eh nimma ausm Kopf rausgeht. Aba die Nummer do hat sich jetzt einfach angeboten, um dich mal a weng zum Verarschn. Vastehst?«

Max fiel ein riesiger Steinbrocken vom Herzen. »Jetzt

bin ich erleichtert. Boah, ich hab Angst gehabt, dass du jetzt zum Fritz marschierst, ihm von dem Blumenstrauß erzählst und er sich dann von mir richtig hintergangen fühlt. Puh, hab ich geschwitzt. Wenn ich ihn nachher sehe, mach ich mal a bissal Werbung für dich, Evi.«

»Lass des! Des kann i scho allans.« Hauenstein bedankte sich für den Kaffee, warf Max eine Kusshand zu und verließ das Büro der Spurensicherung.

»Sodala, du Scherzkeks, zurück zum Geschäft«, sagte Max ernst, als Evi durch die Tür war. Er zog sein Mobiltelefon und die Seiten heraus, die ihm der junge Menhart zusammengeschrieben hatte. Beides legte er vor den Spusi-Toni auf seinen Schreibtisch. »Ich brauche dringend einen Abgleich zwischen der Handschrift auf der Hauswand und von diesen Zeilen. Aufs erste Hinschauen dad ich sagen: könnte schon sein.«

»Gib mal her.« Der Spusi-Toni warf einen Blick auf beide Handschriften. »Das wird nicht leicht. Wir haben auf dem Foto nur drei Buchstaben aus einer Spraydose. Ein ›S‹, ein ›A‹ und ein ›U‹. Des is verdammt wenig.«

»Mehr Material gibt es nicht.«

»Kramer, ob sich mein Experte da zu einer Antwort mit hundertprozentiger Sicherheit hinreißen lässt, wage ich zu bezweifeln.«

»Wie lange wird's dauern?«

»Nur ned hetzen, belehrte Jesus die Läufer von Marathon. Ich ruf dich nachher an.«

*

Als Max sein Büro betrat, hing Fäustl an seinem Telefon. »Unverzüglich«, wiederholte er mehrmals, denn er telefonierte gerade mit dem letzten Stammtischler. Walter Obermüller war mittags von zu Hause weggegangen, besser gesagt Hals über Kopf verschwunden, ohne dass seine Frau eine Ahnung über seinen Verbleib hatte. Nun war er endlich wieder zu Hause aufgetaucht und hatte in der Kriminalpolizeistation angerufen. »Sie kommen jetzt alle wegen der Fingerabdrücke«, sagte Fäustl, nachdem er aufgelegt hatte.

»Was ist bei der Vermehr rausgekommen?«, wollte Max wissen.

»Eigentlich nix«, sagte Fäustl. »Am Boden zerstört war sie. Mit dem Bolzenschussgerät haben wirklich alle vom Stammtisch geschossen. Vielleicht finden wir ja noch ein paar andere Fingerabdrücke drauf.«

»Hirlinger hat mich auch nicht viel weitergebracht. Aber der Besuch bei den Menharts war aufschlussreich. Bei ihnen ist die Kaliumchloridvergiftung immer noch Thema. Als ich mich als Kriminaler zu erkennen gegeben habe, war der junge Menhart gleich auf hundertachtzig. Er hat sich aber dann schnell wieder im Griff gehabt und eigentlich ist er ein ganz sympathischer Kerl.«

»Sympathisch?« Fäustls Augen weiteten sich. Ehe Max etwas darauf erwidern konnte, fügte sein Kollege hinzu: »Kramer, wir sollten für Verdächtige nie Sympathie empfinden, sondern neutral bleiben. Du bist mir manchmal ein bissal zu schnell mit deinem Gefühlsurteil.«

»Er macht auf mich keinen gewalttätigen Eindruck. Das ist alles.«

Fäustl begann sich der Kaffeemaschine zu widmen, die auf dem Fensterbrett stand. »Magst auch einen? Hilft oft beim Denken.«

Max nickte und Fäustl befüllte einen Papierfilter mit Pulver aus einer Alubox, die danebenstand. »Wer hat gewusst, dass der Spögler zur Tatzeit in Bräu im Moos Gast war? Und wer hat ein Motiv?«, fragte Fäustl und ging mit der Kanne bewaffnet nach draußen, um Wasser aus einem Wasserhahn zu holen.

Im Kopf ging Max alle Personen durch, die ihm einfielen. Die Stammtischler und vermutlich deren Angehörige, die Familie Mooser, Romy und Andi, also eigentlich eine ganze Menge. Max kaute an seinem Zeigefingernagel.

Als Fäustl zurückkam, zuckte Max mit den Schultern. »Die ganzen Leute von gestern Abend und ihre Angehörigen wussten Bescheid. Denen ist nicht neu, wer zum Stammtisch gehört. Und dann haben sie sicher im Vorfeld vielen davon erzählt. So eine ungewöhnliche Probeleich ist ein gutes Gesprächsthema.«

»Laut der Vermehr existiert der Stammtisch schon gute zehn Jahre«, fügte Fäustl an und drückte den Knopf, um die Kaffeemaschine in Gang zu setzen.

Nachdenklich biss Max eine Ecke seines Fingernagels ab. »Die Mitglieder haben alle ein Alibi, weil sie gemeinsam aufgebrochen sind.«

»Da stellt sich für mich die Frage, Kramer: Hatte

einer von denen vielleicht genügend Zeit, wieder zurückzukehren?«

»Nach dem Erkennungsdienst lassen wir uns von allen die Zeiten geben und schauen, wer die Ankunft bei sich zu Hause bestätigen lassen kann«, sagte Max und trat ans Fenster. Kaffeeduft erfüllte inzwischen das Büro. Zuerst gemächlich, dann immer schneller tropfte die schwarze Flüssigkeit in die Kanne auf dem Fensterbrett. Fäustl holte zwei Tassen aus der untersten Schreibtischschublade. »Hast du irgendeine Idee, warum der Kerl hat sterben müssen?« Beide schwiegen und überlegten.

»Da gibt's halt nur die mögliche Spur zum Menhart«, sagte schließlich Max.

»Genau«, pflichtete ihm der Fäustl bei. »Bislang ist er unser Hauptverdächtiger, denn den Tod seines Vaters scheint er nie überwunden zu haben, wie du vorher erzählt hast.«

Der Kaffee war nun durchgelaufen und Max stellte die Kanne auf den Schreibtisch.

Fäustl goss beiden ein. »Kramer, ich hab noch nie mit so einem Bolzenschussgerät hantiert. Du etwa?«

»Ich hab so was tatsächlich schon mal in der Hand gehabt.«

»Wie schwierig ist die Bedienung?«

»Des kann nach einer kurzen Einweisung jedes Kind.«

Fäustl nickte. »Und diese Einweisung haben gestern alle feiernden Honoratioren bekommen. Aber denen trau ich es echt nicht zu.«

»Auch Bauern und Metzger können solche Schlachtschussapparate bedienen«, sagte Max.

»Was uns beim Thema Bauer wieder zum jungen Menhart bringt«, schloss Fäustl den Kreis.

*

»Jeden Finger einzeln auf das leuchtende Quadrat der Tablet-Oberfläche legen und in beide Richtungen abrollen, damit sich der gesamte Fingerabdruck abbildet. Jeweils beim Daumen beginnen und dann nacheinander bis zum kleinen Finger jeder Hand durcharbeiten. Ich helfe Ihnen gerne, ansonsten können Sie die Instruktionen zu jedem Schritt noch einmal auf dem Touch-Display parallel ablesen.« Man merkte dem Beamten des Erkennungsdienstes der Mühldorfer Polizeistation an, dass er diese Anweisung schon oft von sich gegeben hatte.

»Ist es entscheidend, ob ich mit der rechten oder linken Hand beginne?«, fragte Berti Molaufer, der als Erster aus der Reihe der Stammtischangehörigen hervorgetreten war. Larissa Vermehr, Hirlinger und Fräulein Schosi, Molaufer, Obermüller sowie der Mooser Bräu saßen oder standen verteilt in diesem nüchternen Raum, der sonst für Befragungen und Meetings genutzt wurde. Drei Tische standen im diesem verteilt, die Stühle waren weggerückt und bildeten keinerlei zusammenhängende Ordnung. Diese Zusammenkunft schien allen Beteiligten sichtlich unangenehm zu sein.

»Wenn oben rechte Hand steht, dann bitte die rechte und nicht umgekehrt«, entgegnete der Beamte.

Molaufer zog die Manschetten seines Hemdes zurück und presste den Daumen seiner rechten Hand auf das Tablet, welches für diesen Zweck vor ihm bereitlag. Den Vorgang wiederholte er, unterstützt durch den Beamten des Erkennungsdienstes, bis das Gerät alle zehn Fingerabdrücke gespeichert hatte.

Larissa Vermehr trat währenddessen von hinten an Molaufer heran.

Der Beamte blickte zu ihr auf. »Bitte treten Sie ein paar Schritte zurück und warten in einer Entfernung, die noch etwas Diskretion zulässt.«

»Verzeihung, ich wollte mir das nur einmal ansehen, bevor ich an der Reihe bin«, sagte Larissa mit einer Kopfbewegung Richtung Molaufer. Sie ging zurück zu ihrem Stuhl, doch bevor sie sich wieder hinsetzte, wandte sie sich erneut an den Beamten. »Was in diesem Raum geschieht, geht aber nicht an die Presse, oder?«

Der Beamte stutzte. »Nein, warum?«

»Schauen Sie«, sagte Larissa. »Ich bin die Landrätin des Nachbarlandkreises. Hier im Zimmer befinden sich noch ein Bürgermeister und weitere Persönlichkeiten der Umgebung, die sicher nicht darauf erpicht sind, über sich in der Zeitung lesen zu müssen, dass sie wegen eines Mordfalls ihre Fingerabdrücke abgegeben haben. Das riecht ja dann schon nach Verdächtigung in der Öffentlichkeit.«

»Ich habe eine berufliche Schweigepflicht«, sagte der Beamte. »Und für Sie alle gilt: keine Fotos hier drin, das ist Ihnen hoffentlich bewusst. Also machen Sie sich wegen der Presse keine Sorgen. Was bekannt gegeben wird, entscheidet das Ermittlungsteam. Und nur das wird dann von der Öffentlichkeitsarbeit verbreitet.«

»Meine Güte, als ob das jetzt so wichtig wäre«, sagte Fräulein Schosi. Larissa Vermehr warf ihr einen bösen Blick zu, den Fräulein Schosi mit einem künstlichen Lächeln quittierte.

Von allen sechs Personen, die den gestrigen Abend mit Spögler verbracht hatten, wurden nun nacheinander die Fingerabdrücke genommen. Als Letzte war Fräulein Schosi an der Reihe. Lautstark wies sie den Beamten mit dem Tablet darauf hin, dass sie sich tags zuvor geweigert habe, mit dem Schlachtschussapparat das Holzbrett zu durchlöchern, und sie die erkennungsdienstliche Behandlung deshalb als vergeudete Zeit ansehe. Hier auf dem Touch-Display herumzudrücken, wäre bei ihrer Person völlig sinnlos. Aber der überbordende Wortschall half nichts und auch ihre Fingerkuppen wurden gescannt. »Da fühlt man sich gleich wie ein Schwerverbrecher«, sagte sie beleidigt, als sie den linken kleinen Finger von der Glasoberfläche nahm. »Ich bin hier in den Kreis der Verdächtigen reingerutscht wie der Pontio ins Credo.«

»Ich halte uns eigentlich alle nicht für Verdächtige«, meinte daraufhin Monsignore Hirlinger.

»Warum samma denn dann da?«, ereiferte sich seine Haushälterin und lehnte sich an den Tisch des Beamten.

Nun schaltete sich dieser selbst ein. »Ich kann Sie beruhigen: Wir suchen nach fremden Fingerabdrücken, wie die Ihren alle auf dieses Dings draufgekommen sind, hat sich ja schon geklärt.«

Daraufhin nickte Larissa Vermehr. »Wir hoffen, dass wir zur schnellstmöglichen Aufklärung beitragen können. Braucht uns noch wer, oder können wir jetzt gehen?« Sie griff nach ihrem Mantel und der Handtasche, die sie vorher über einen Stuhl gehängt hatte.

Der Beamte des Erkennungsdienstes hob seine Hand. »Stopp! Kommissar Kramer bittet Sie alle, hier auf ihn zu warten. Er hat noch einige Fragen.«

»Dauert das lange?« Ungeduldig trommelte Fräulein Schosi mit ihrer Hand auf dem Schreibtisch des Kriminalbeamten herum. »Ich muss mich noch um das Abendessen kümmern.«

»Kann ich Ihnen nicht sagen«, war die Antwort. Der Beamte wünschte allen noch einen »schönen Tag«, bevor er seine Sachen packte und das Besprechungszimmer verließ. Die Zurückgebliebenen schwiegen sich an. Eine angespannte Stille erfasste den Raum und keiner wagte, dem anderen ins Gesicht zu sehen. So vergingen ein paar Minuten, bis sich die Türe wieder öffnete und Max Kramer mit Fritz Fäustl im Schlepptau hereinkam. Beide hatten ihre Laptops dabei. Sie baten alle Versammelten, zwei Tische zusammenzurücken und daran Platz zu nehmen. Als dies geschehen war, starteten Max und Fäustl ihre Rechner und ließen ihre Augen einmal über die Runde schweifen.

»Danke fürs Warten«, eröffnete Max die Befragung. »Bitte sagen Sie uns jeder, mit wem Sie von Bräu im Moos weggefahren sind, wann Sie zu Hause waren und ob Ihnen gestern noch irgendetwas an Dr. Spögler aufgefallen ist. Etwas, das anders war als sonst.«

Den Kriminalern saß eine aufrechte Mauer des Schweigens gegenüber. Die Blicke gingen auseinander. Manch einer schien zu überlegen, aber andere wirkten einfach nur desinteressiert auf Max. »Fangen wir auf dieser Seite an.« Mit seiner Hand wies Max auf Obermüller, der ihm am Nächsten saß.

»Zusammen mit Frau Vermehr in einem Taxi. Zuerst sind wir nach Tüßling und dann bin ich weiter zu mir nach Altötting. Meine Frau war noch wach und hat mich erwartet. Zu Hause war ich ungefähr um halb eins.«

Max tippte die Informationen in seinen Computer. Das waren alles ganz einfach überprüfbare Angaben. Taxi, Ehefrau und so weiter. Vermehr und Obermüller hatten sehr wahrscheinlich ein Alibi. Nach und nach gab jeder am Tisch seine Zeiten zu Protokoll. Es erhärtete sich wirklich nicht der kleinste Verdacht, dass etwas an den Angaben der Stammtischmitglieder unrund sein konnte. Außerdem flüsterte Max' Bauchgefühl: Hier sitzt kein Mörder am Tisch. Nachdem als Letzter Monsignore Hirlinger zu Wort gekommen war, wiederholte Max seine Frage, ob an

Dr. Spögler etwas anders war als sonst. Max löste mit seiner Frage nur ein kollektives, wortloses Kopfschütteln bei der Gruppe aus. Er musste präziser nachhaken. »Fräulein Schosi, Frau Vermehr …« Seine Augen wanderten zwischen den angesprochenen Damen hin und her. »Sie hatten laut verschiedener Zeugen gestern Abend eine kurze Auseinandersetzung mit dem Opfer. Worum ist es gegangen?«

»Ich hab einfach dieses Drecksglump ned anfassen wollen.« Dass Fräulein Schosi die Frage als Unverschämtheit empfand, war in ihren Worten deutlich zu vernehmen. »Hias hat mich überzeugen wollen, ich hab g'sagt, dass des alles ein Schmarrn ist und dann hamma halt kurz …«, sie suchte nach den richtigen Worten, »lautstark diskutiert.«

»Was hat Sie denn genau alles gestört?«, bohrte Fäustl nach.

»Ja, mei … Sie sehen ja selber, was man davon hat, wenn man das Schicksal herausfordert«, giftete sie in die Runde. »Man veranstaltet keinen Leichenschmaus zur Probe.« Fräulein Schosi schlug mit ihrer Faust unvermutet auf den Tisch, stützte sich dann mit ihren beiden Händen auf und erhob sich. »Hias wäre heute noch am Leben, wenn ihr diesen Unfug nicht angefangen hättet! Und für seinen Tod mache ich euch alle verantwortlich.« Fräulein Schosi stampfte mit dem Fuß auf und presste ihre Fäuste in die Seiten. Aus den Tiefen ihrer Lunge ließ sie über ihren Kehlkopf einen wütenden Luftzug streichen, dass es klang, als würde ein Hund knurren.

Monsignore Hirlinger griff seine Haushälterin am Ellenbogen, um sie zur Mäßigung aufzurufen und gleichzeitig wieder auf ihren Stuhl zurückzuziehen, doch sie riss sich los und wurde noch lauter.

»Er hätte sein Schusszeugs nicht einstecken gehabt, und dann hätte sein Mörder auch keinen Bolzen in sein Hirnkastl schießen können. Wer mit dem Schicksal Glückspiel betreibt, verliert immer.« Fräulein Schosi begann zu schluchzen. »Zefix noch amal, dass ihr alle so blöd sein habt's müssen! Dumme Bagage, dumme!« Nach weiteren Schimpfwörtern, die die versammelte Mannschaft betrafen, verschränkte sie die Arme vor ihrem Bauch und ließ sich zurück in den Stuhl fallen, der laut unter ihrem Gewicht ächzte. Sie griff nach ihrer Handtasche, die sie vorher neben sich auf den Boden gestellt hatte, öffnete den Schnappverschluss und zog ein Papiertaschentuch sowie ein kleines Fläschchen Altöttinger Klosterlikör hervor. Zuerst tupfte sie ihre Tränen weg, dann schraubte sie den Verschluss ab und nahm einen ordentlichen Schluck. Kaum dass die Spirituose in ihrem Mund verschwunden war, entspannten sich ihre Gesichtszüge. »Jetzt geht's mir gleich a bissal besser.«

Larissa Vermehr kräuselte pikiert ihre Lippen, sah zu Hirlinger hinüber und verdrehte kurz ihre Augen, als Fräulein Schosi nicht hinsah. Hirlinger nickte leicht und hob für eine Millisekunde entschuldigend die Schultern, sodass seine Haushälterin auch von dieser Reaktion nichts mitbekam. Beiden war deutlich anzumerken, dass sie genervt waren. Fräulein

Schosi kam vielen wie eine tickende Zeitbombe vor. Niemand wusste, wann und aus welchem Grund, sie das nächste Mal explodieren würde.

Max hatte nicht unterbrochen, um erstens vielleicht Erkenntnisse aus dem Spektakel zu gewinnen, und zweitens war dieser Schosi-Aussetzer durchaus unterhaltsam. Letzteres überwog, denn Schicksalsgeschwafel diente selten bis nie der Aufklärung von Verbrechen. Max warf Fäustl einen vielsagenden Blick zu, der von »Die spinnt doch!« bis »Irgendwie tut mir die Gute leid.« alles enthielt. Sein Kollege gab ihm nonverbal recht. Zu dem Likörkonsum sagte er vorerst nichts, obwohl er wusste, dass Fräulein Schosi mit dem Auto hier war. Aber sie jetzt darauf hinzuweisen, würde bedeuten, das Risiko für einen weiteren Eklat einzugehen.

»Frau Vermehr, wie war das bei Ihnen?«, wandte sich Max an Larissa.

»Nicht der Rede wert«, kam wie aus der Pistole geschossen zurück. Das Tempo ihrer Reaktion schien Max sofort verdächtig. Er bemerkte, wie Fäustl ein paar Zeilen in seinen Computer tippte. Ja, mit Frau Vermehr würden sie unter vier Augen sprechen müssen, da waren sie sich einig. »Umreißen Sie bitte kurz für mich, worum es in Ihrer Auseinandersetzung gegangen ist?«

Molaufer und Obermüller, die Larissa Vermehr einrahmten, starrten beide gleichzeitig teilnahmslos auf die Tischplatte, was Max höchst sonderbar vorkam.

»Nun ja«, begann Larissa. »Wie ich Ihrem Kollegen Fäustl bereits erzählt habe, war Hias, wenn er Alkohol getrunken hatte, nicht der einfachste Mensch. Ich denke, das können alle hier bestätigen.«

Die Anwesenden nickten. Auch Monsignore Hirlinger, den er für den Integersten der Stammtischler hielt. Diese Behauptung war für ihn somit belegt. Spögler machte also, wenn er angetrunken war, tatsächlich eine Wesensveränderung durch.

»Es ist bei Hias und mir um Umbaumaßnahmen an meinem Schloss gegangen, soweit ich mich erinnern kann, und da sind wir wegen des Denkmalschutzes nicht einer Meinung gewesen«, erklärte Larissa. »Um es kurz zu machen: Er hat dummes Zeug geredet und ich habe ihn darauf hingewiesen. Fertig, aus. Männer verlieren ungern gegen Frauen eine Diskussion.«

»Hatte Dr. Spögler Ihres Wissens irgendwelche Feinde?«, stellte Max die nächste Frage offen an alle Anwesenden.

Molaufer und Obermüller gaben ihre Starre auf. Beide schüttelten den Kopf, was langsam von der ganzen Gruppe nachgeahmt wurde. Dann ergriff Hirlinger das Wort: »Max, den Namen Menhart hast du ja heute bereits ins Spiel gebracht, sonst fällt mir keiner ein.«

»Hias war ein beliebter Mensch«, schloss sich Obermüller an.

»Ein überaus geliebter und beliebter Mann«, sagte Molaufer mit einem feierlichen Unterton, als würde er bereits die Grabrede proben.

Max konnte es nicht beschwören, aber in seinem Augenwinkel glaubte er mitbekommen zu haben, dass Larissa Vermehr bei Molaufers letztem Satz ihren Nachbarn leicht getreten hatte, ganz so, als wolle sie ihn zum Schweigen bringen. Es war auch mehr ein Zucken, als ein Rempler. Na gut, wahrscheinlich hatte er sich getäuscht, aber irgendetwas stimmte zwischen den beiden ganz gewaltig nicht, dafür verwettete er seinen Arsch.

Seinen Gedanken konnte er nicht zu Ende spinnen, denn plötzlich erfüllte lautes, elektronisches Glockengeläut das Besprechungszimmer. Alle Augen richteten sich auf Fräulein Schosi, aus deren Handtasche dieses akustische Signal strömte. Sie schob ihren Stuhl zurück, erhob sich mit angestrengtem Gesicht und begann ihre Tasche zu durchforsten, bis sie endlich ihr Mobiltelefon in Händen hielt. Sodann nahm sie den Anruf entgegen. »Guten Tag! Hier spricht Petronilla Schosi.«

Max schüttelte fassungslos seinen Kopf und deutete Fräulein Schosi an, zum Telefonieren doch bitte den Raum zu verlassen.

VI. UND DOCH IN DER TIEFE

Vielleicht hätte sie ihren Mund nicht so voll nehmen sollen? Mit veganer Ernährung kannte sie sich überhaupt nicht aus und wann sie das letzte Mal selbst am Herd gestanden hatte, daran konnte sie sich, ehrlich gesagt, nicht einmal mehr erinnern. In der Spögler-Küche vor dem Regal mit unterschiedlichen Getreidesorten in Einweckgläsern fühlte sie sich verloren und allein. Was sollte man denn daraus bitte kochen? Sie ließ ihren Blick durch den Raum schweifen. Alles war aus unbehandeltem hellem Holz und wirkte äußerst stilvoll. Der Schreiner, der sich diese Küche ausgedacht hatte, war ein richtiger Künstler. Aber was nützte das tollste innenarchitektonische Highlight, wenn man nicht wusste, was man darin eigentlich tun sollte.

Andi war immer noch nicht nach Hause gekommen und Romy hatte sich mit Schmerzen im Bein wieder schlafen gelegt. Maria Evita wollte sie nicht wecken und um Rat fragen, denn das hätte ihre Freundin sicher als Kapitulation vor der Aufgabe als Haushaltshilfe verstanden. Sie hatte gesagt, dass sie sich schon zurechtfinden würde und die Küche angeblich ihr zweites zu Hause sei. Für diese glatte Lüge hatte sie bereits zwei Vaterunser gebetet. Das vegane Abendessen vorzubereiten, war also ihre Aufnahmeprüfung. Bei Romy fühlte es sich einfach so viel besser an als im Altöttinger Nonnenkloster, wo sie hinter jedem Blick ihrer Mitschwestern einen Vorwurf vermutete.

»We're mad …! Ca ca ca crazy! We're mad …! La la la looneys, too!«, leise sang sie ein Lied ihrer britischen Lieblingspunkband. Ja, wie in diesem Song beschrieben, so fühlte sie sich. Sie war schlicht und ergreifend verrückt gewesen, zu glauben, dass sie hier ohne Probleme zurechtkommen würde. »La la la looneys, too!« Nach einem verzweifelten Seufzer nahm sie das Regal genauer in Augenschein.

Manche Körner waren einfach zu identifizieren. Die grünen sahen aus wie getrocknete Erbsen, die roten waren Linsen und am anderen Ende standen mehrere Gläser mit Haferflocken, wie sie sie aus jeder x-beliebigen Müslimischung kannte. Das brachte sie gleich auf eine Idee. Wie wäre es denn mit einem gesunden Müsli zum Abendessen? Ihr Enthusiasmus hielt sich trotz Fastenzeit bei diesem Gedanken selbst in Grenzen. »Ca ca ca crazy!«

Maria Evita ging in den kleinen Nebenraum, welcher direkt mit der Küche verbunden war. In der Speisekammer standen verschiedene Gemüse- und Getränkekisten von regionalen Erzeugern am Boden und darüber auf Holzbrettern, die die ganze Breite der Wand einnahmen, Gläser mit Marmeladen sowie

Dosen unterschiedlicher Größe. Auf einer las Maria Evita das Wort »Agavendicksaft«. Was war denn das bitte? Das hatte sie noch nie gehört. Ihre Hoffnung, doch noch etwas zu finden, von dem sie wusste, wie man es zubereiten sollte, ging gegen null. Warum gab es hier keine Packung Nudeln und eine Flasche mit Ketchup? Schon wäre ihr Problem gelöst. Maria Evita sah ein, dass sie dringend Rat brauchte. Sie erinnerte sich an das Festnetztelefon der Spöglers neben der Hautüre. Auch wenn es sie Überwindung kostete, aber diesen einen Anruf musste sie nun wohl oder übel tätigen. »We're mad!« Es half nichts.

*

Nachdem Max und Fäustl die Befragung für beendet erklärt hatten, begleiteten sie alle zum Ausgang der Kriminalpolizeistation. Larissa Vermehr, Engelbert Molaufer und Walter Obermüller wollten sie nun genauer unter die Lupe nehmen. Wobei die Landrätin ganz oben auf der Liste stand.

Während sein Kollege voranging, hatte Max die Tür geschlossen und folgte nun der Gruppe. Fäustl bat Larissa Vermehr in diesem Moment darum, am Empfangstresen zu warten und sich noch nicht mit den anderen auf den Heimweg zu machen.

»Was wollen Sie denn noch von mir?«, hörte Max ihre aufgeregte Stimme durch den Gang hallen. Fäustls Reaktion darauf ging im Geräuschpegel der trampelnden Schritte unter.

Der Altöttinger Bürgermeister ließ sich währenddessen etwas zurückfallen, bis er neben Max stand.

»Ich habe etwas für Sie«, flüsterte Molaufer.

Max öffnete seine Bürotüre, an der sie zufälligerweise gerade vorbeigingen, und schob Molaufer hinein. Niemand hatte Notiz von ihrem Verschwinden genommen.

*

Zur gleichen Zeit stand Fräulein Schosi telefonierend auf dem Parkplatz der Mühldorfer Polizeistation. »Also, ich mach immer Käsespätzle, wenn Vegetarier zu Besuch kommen.«

»Veganer essen nicht einmal Käse«, hörte Fräulein Schosi Maria Evitas aufgebrachte Stimme aus dem Lautsprecher. »Und ganz ehrlich weiß ich nicht, wie man Spätzle macht.«

Fräulein Schosis Brust war vor Stolz um mehrere Zentimeter angeschwollen, als sie vernommen hatte, dass sie die Retterin des Spögler'schen Abendessens sein sollte. Genau wie sie vorausgesagt hatte, war die Novizin überhaupt nicht in der Lage, etwas Ordentliches zuzubereiten. »Gemüse haben Sie in der Speisekammer gefunden?«

»Ja, da is genügend da.«

»Suchen Sie mal nach einem Gemüsebrühwürfel, ohne Fleisch, so was gibt's wirklich, und gelbem Currypulver.«

»Okay.«

»Des ist ein Rezept aus dem ayurvedischen Basiskochkurs von der Altöttinger Volkshochschule. Ich bin nämlich so ein Vata-Pitta-Dings-Mischling und des sind Sie und die Spöglers auch ganz sicher, da können S' gar nix falsch machen, wenn Sie des Rezept nachkochen, das ich Ihnen gleich diktieren werde.«

Fräulein Schosi hörte, wie sich Maria Evita Notizen machte und leise die eben gehörten Worte wiederholte.

»Dafür eignet sich auch Tiefkühlgemüse. Alles zum Kochen bringen, abschmecken fertig. Außerdem schneiden Sie aufgeweichtes Trockenobst hinein. Was immer ihnen in die Finger kommt. Das ist für den indischen Kick. Haben Sie die Suppe nie bei mir bekommen?«

»Ich kann mich dunkel erinnern«, sagte die Stimme am anderen Ende. Danach verabschiedete sich Maria Evita, mit einem »Gott segne Sie« und dem Hinweis, dass nicht mehr viel Zeit bis zum Abendessen bleibe.

Morgen wollte Fräulein Schosi wieder anrufen und sich erkundigen, ob ihre Telefontipps zum Erfolg geführt hatten.

*

»Im Beisein von allen wollte ich das nicht machen«, sagte Molaufer und zog ein gefaltetes Blatt Papier aus seiner Hosentasche. »Das ist die Kopie eines Briefes von Dr. Spögler an Frau Vermehr und ihren jüngsten Sohn. Er hat mir das Original zur Aufbewahrung überlassen, welches sich nun im Besitz von Frau Vermehr befindet. Ich denke, Sie sollten darüber Bescheid wissen. Außerdem möchte ich mich korrekt verhalten und kein wichtiges Material zurückhalten. Ich bin, wie Sie wissen, Bürgermeister und auch mit Ihren Eltern befreundet, Max. Die kleinste Verfehlung kann mich meine politische Karriere kosten. In drei Jahren möchte ich in Rente gehen. Gerade habe ich das Gefühl, dass sich der Mord an Dr. Spögler zu einem riesigen Skandal auswachsen wird, und ich habe keine Lust, deshalb mein Amt aufzugeben.«

»Skandal?« Inzwischen hatte die Kopie den Besitzer gewechselt und Max warf einen ersten Blick auf die handschriftlich verfassten Zeilen.

»Lesen Sie den Brief. Mehr weiß ich auch nicht.«

»Warum haben Sie für Dr. Spögler das Schreiben überhaupt aufbewahrt, und wie lange haben Sie es schon?«

»Er hat mir vertraut, wie das unter Freunden üblich ist. Vor fünf Jahren, als Lui Vermehr auf dem Gymnasium in Altötting eingeschult wurde, hat Hias den Brief mir übergeben und mein Ehrenwort bekommen, dass ich ihn nach seinem Tod Larissa und ihrem Sohn persönlich vorlesen werde. Damals begannen gerade die Ermittlungen gegen ihn wegen des Menhart-Falls. Wortwörtlich hat er gesagt, dass er um sein Leben fürchtet, wenn der junge Menhart weiter durchdreht. Deshalb hat er das Schriftstück verfasst, verstehen Sie? Weil er wirklich dachte, dass ihn bald der Gevatter Tod holt.«

*

Ihm wurde heiß. Unter den Latexhandschuhen hatte sich schon eine Suppe aus Schweiß gebildet, dass ihm das Arbeiten schwerfiel. Wo war das verdammte E, wenn man es brauchte? Auf dieser Zeitungsseite des Alt-Neuöttinger Anzeigers fand er ungewöhnlich viele U, aber genau für diesen Buchstaben hatte er überhaupt keine Verwendung. »Keine Spuren hinterlassen«, hämmerte es in seinem Kopf. Vorsichtig griff er zu einer Schere und schnitt ein Ausrufezeichen aus. Für sein Werk brauchte er noch ein achtes E, das ihm plötzlich auf der nächsten Seite im Wort »Landeszentrale« entgegenleuchtete. Na, endlich! Seine Hand griff zu einer Tube mit Alleskleber und Stück für Stück reihte er die Buchstaben aneinander, bis sie einen ganzen Satz ergaben. Die Arbeit erinnerte ihn an seinen Setzkasten in der Grundschule. Der Text würde heute Abend hoffentlich die gewünschte Wirkung entfalten.

*

Was Max aus dem Brief erfahren hatte, war eine Neuigkeit, die alles in einem anderen Licht erschienen ließ. Larissa Vermehr wartete auf dem Gang, während Fäustl und er in ihrem Büro bei zwei frischen Tassen Kaffee immer wieder die Zeilen Spöglers überflogen.

»Kramer, glaubst du, dass die Vermehr wirklich mit drinhängt?«

Max hielt den Brief ins dämmernde Spätnachmittagslicht. »Gehen wir davon aus, dass der Brief echt ist. Ich habe zumindest keinen Grund, daran zu zweifeln. Dann habe ich jetzt einen Verdächtigen mehr auf der Platte.«

Fäustl überlegte und biss sich dabei auf die Unterlippe. »Den Kleinen?«

»Nein.«

»Echt, den Bürgermeister?«

Max schüttelte den Kopf. »Naaaa! Den uns unbekannten Exmann Vermehr natürlich, der vielleicht rausgefunden hat, dass der Spögler ihm vor fünfzehn Jahren Hörner aufgesetzt hat.«

Das leuchtete ein. Fäustl stieß einen bewundernden Pfiff aus. »Im Um-die-Ecke-Denken bist du einfach besser als ich, Kramer. Respekt.«

»Also, hol die Landrätin bitte rein. Sie soll uns jetzt mal ein paar Takte zu ihrem Privatleben und ihrem Exmann erzählen.«

Sein Kollege steckte den Kopf durch die Tür hinaus auf den Gang und rief Larissas Namen, dann öffnete er ganz und ließ die Gerufene eintreten. Max bedeutete ihr, am Schreibtisch Platz zu nehmen, was sie auch schweigend tat. Fäustl blieb stehen, während Max Spöglers Brief auf die Tischplatte legte. Als Larissa das Schreiben erkannte, wurde sie kreidebleich.

»Erzählen Sie uns doch mal was zu diesem Thema«, sagte Max und nahm auf der gegenüberliegenden Seite in seinem Drehstuhl Platz.

»Verdächtigen Sie mich, Kommissar?«

»Nein. Was hätten Sie denn von einem Mord?« Max bemühte sich, ruhig und freundlich zu klingen. »Sie müssen aber zugeben, dass dieser Brief des Opfers dem ganzen Fall eine ungeahnte Wendung gibt. Weiß ihr Exmann davon?« Mit seinem Fuß stieß er sich von seinem Schreibtisch ab und glitt einen guten Meter zurück, um Larissa komplett in Augenschein nehmen zu können.

»Claudio?«, fragte sie erschrocken.

»Ist das der Vorname von Herrn Vermehr? Sie tragen doch noch den Nachnamen Ihres letzten Mannes, oder?«

Larissa nickte.

»Und dieser Herr ist der offizielle Vater von Lui?« Abermaliges Nicken.

»Also, weiß er, dass Lui nicht sein leibliches Kind ist?«

»Nein.« Sie schluckte.

»Sie haben mit ihm nie darüber gesprochen?«

»Nein. Und wäre es nach mir gegangen, wäre die Sache auch unter Verschluss geblieben.«

»Hatten Sie deshalb gestern eine Auseinandersetzung mit Dr. Spögler?«

»Wirklich nicht, das müssen Sie mir glauben. Aber …« Larissas Blick wanderte Hilfe suchend zur Decke. »Aber wenn man so ein Geheimnis teilt und seit Jahren eine diskrete Affäre am Laufen hält, dann ...« Ein tiefer Seufzer folgte. »Dann wird man manchmal von Kleinigkeiten getriggert, die dem Außenstehenden ganz banal vorkommen, aber für einen selbst sehr verletzend sind. So ungefähr war das gestern Abend.«

Max rollte mit seinem Stuhl wieder etwas näher an Larissa heran. »Wer wusste von Ihrer Verbindung zu Dr. Spögler?«

»Niemand.«

»Wo lebt ihr Exmann?«

»In Baden-Baden.«

Fäustl legte einen Papierblock und einen Bleistift neben Larissa auf den Schreibtisch. »Bitte notieren Sie für uns seinen Namen und seine Adresse.«

Sie zögerte. »Ich würde ihn gerne selbst anrufen beziehungsweise erst mit Lui reden, wie wir das mit seinem Vater regeln, bevor ...«

»Wir werden uns nicht in Ihre Familienangelegenheiten einmischen.«

»Warum wollen Sie dann seinen Kontakt?«

»Das geht Sie nichts an!«

*

Es blieb keine Zeit mehr, sich einen Plan B oder C zu überlegen, YouTube-Tutorials zu studieren oder eines der Kochbücher in Spöglers Küche zu durchforsten. Brühwürfel und Currypaste hatte Maria Evita in einem Schrank gefunden, damit hatte das Schicksal sich für die ayurvedische Gemüsebrühe entschieden. Sie konnte sich nicht nur dunkel an Fräulein Schosis Gebräu erinnern, sondern sehr lebhaft, auch wenn sie ihr gegenüber am Telefon etwas völlig anderes behauptet hatte. Vor gut einem Jahr war Fräulein Schosi damit Monsignore Hirlinger so auf die Nerven gegangen, dass sie ihn wegen des wochenlangen Curry-Konsums fast in eine Lebenskrise gestürzt hatte. Egal, das lag in der Vergangenheit und war unter vollkommen anderen Vorzeichen geschehen. Die ayurvedische Gemüsebrühe würde Andi und Romy schon schmecken, davon war sie überzeugt. Punkt, Aus, Komma, Schluss. Sie atmete einmal kräftig durch und schob dann alle Zweifel beiseite. Aus dem Nebenraum holte Maria Evita Karotten, Kartoffeln und Sauerkraut, stellte alles auf die hölzerne Arbeitsfläche neben dem Herd und sah sich dann nach Trockenobst um. Auch hier wurde sie schnell fündig. Eine Packung Studentenfutter leuchtete ihr in bunter Verpackung aus dem Getreideregal entgegen. Sie öffnete diese, kippte den Inhalt in eine Schüssel und weichte das Ganze mit einem großzügigen Schluck Leitungswasser ein. Von Nüssen und Mandeln hatte Fräulein Schosi zwar nichts erwähnt, aber sie würden in der Suppe sicher auch nicht stören.

Zuerst putzte Maria Evita das Gemüse, schnitt es in mundgerechte Stücke und vermengte es schließlich mit dem Sauerkraut, mehreren Esslöffeln Currypulver, gut zwei Litern Wasser und einem veganen Brühwürfel. Diese Mischung setzte sie auf den Herd und brachte alles bei kleiner Flamme zum Kochen. Nun hieß es warten, bis es gut durchgegart war. Die Zeit bis zum Abendessen nutzte Maria Evita, um die Küche gleich wieder auf Vordermann zu bringen und die Spuren ihrer Küchenschlacht zu beseitigen. Sie packte die Gemüseabfälle in eine Schüssel und schob die leere Studentenfutterpackung in die Tasche ihres Habits. Draußen bei den Tonnen würde sicher ein Kompost oder eine Bio-Tonne zu finden sein.

Gegenüber der Haustüre am Fuß des großen Hügels, zu dessen Spitze sich Burgkirchen am Wald befand, war ein kleiner Holzstadel errichtet worden, der gleichzeitig für die Mülltonnen und für die Autos als Unterstand diente. Die Türe ließ Maria Evita offen stehen und überquerte die große Einfahrt. Rechts neben dem Stadel entdeckte sie tatsächlich einen Kompost, in den sie alle Gemüseüberbleibsel warf, um dann die Studentenfutterpackung im Hausmüll zu entsorgen. Als sie jedoch den schwarzen Deckel der Restmülltonne hob, hielt sie inne und runzelte verwundert ihre Stirn. Das Behältnis war bereits bis an den Rand gefüllt. Vor ihr waren verschiedene Fotoalben in mehreren Schichten gestapelt. Beherzt griff sie zu und hob drei Alben heraus. Dann bemerkte sie drei silberne Bilderrahmen hinten in der Tiefe, die ebenfalls noch ein Foto enthielten. Neugierig zog Maria Evita die drei gerahmten Bilder heraus. Eines war ein Porträt von Hias Spögler. Das andere zeigte ihn mit seiner zweiten Ehefrau und das dritte war ein Bild von Andi auf seiner Abiturfeier, wie er gerade vom

Direktor sein Zeugnis überreicht bekam. Seltsam, dass hier dieser Erinnerungsschatz im Müll gelandet war.

Vorsichtig legte sie alle drei zurück und klappte stattdessen eines der Fotoalben auf. Ihre Augen überflogen die erste Seite. Handschriftlich stand dort zu lesen, dass es sich um ein Geschenk zum 50. Geburtstag für Andis Stiefmutter handelte. Alle Bilder zeigten Spöglers Ehefrau in unterschiedlichen Lebenslagen und daneben hatte jemand witzige Sprüche geschrieben oder einen unsinnigen Trinkspruch. »Wasser macht weise, fröhlich der Wein, drum trinke sie beide, um beides zu sein«, stand unter einem Bild, auf dem die Frau mit einem Sektglas dem unbekannten Fotografen zuprostete.

Plötzlich räusperte sich jemand in ihrem Rücken. Maria Evita zuckte vor Schreck zusammen.

*

Nachdem sie Larissa Vermehr aus der Befragung entlassen hatten, gaben sich Fäustl und der Spusi-Toni wortwörtlich die Klinke in die Hand. Fäustl wechselte das Büro, um Claudio Vermehr zu erreichen und festzustellen, wo er sich im Moment aufhielt, und der Spusi-Toni konnte mit einer ersten Einschätzung des Schriftabgleichs aufwarten. Schwungvoll nahm er auf Max' Schreibtisch Platz und legte zwei Vergrößerungen des Fotos und eines Teils der handschriftlichen Aufstellung vom jungen Menhart hin. Manche Stellen waren darauf mit einem Textmarker hervorgehoben worden. »Max, das ist jetzt noch kein fertiger Bericht, sondern nimm es bitte erst mal nur als Tendenz.«

»Wann wird aus der Tendenz eine Aussage?«

»Spätestens morgen, denn mein Experte hat noch nicht genügend Übereinstimmungen beisammen, aber ich geb dir gerne einen Zwischenstand, weil ich ja weiß, wie ungeduldig du bist und wie sehr die Zeit tickt.«

»Raus mit der Sprache!« Max' Hände begannen zu kribbeln.

»Also …« Der Spusi-Toni trommelte mit den Fingern auf die Tischplatte und ahmte, um die Spannung noch zu erhöhen, eine Trompete nach. »Tatatata!«

»Lass den Quatsch, bitte«, sagte Max, und der Spusi-Toni kam endlich zum Punkt.

»Sehr wahrscheinlich von ein und derselben Person.«

»Alter, krass«, entfuhr es Max. »Ich brauche diese Aussage halt hundertprozentig.«

»Mein Mann tut, was er kann.« Beschwichtigend hob der Spusi-Toni seine Hände.

»Der Schmierfink ist damit leider zum Verdächtigen Nummer eins in der Mordsache Spögler geworden.«

Gerade als der Spusi-Toni etwas sagen wollte, ging die Türe auf und ein fröhlich pfeifender Fäustl kam herein. Die Töne traf er besser als sonst, sie waren aber nach wie vor weit davon entfernt, eine erkennbare Melodie zu ergeben. »Also Burschen, den Vermehr habe ich an seinem Handy sofort erreicht, der ist gerade in London und angeblich seit einer Woche dort. Habe mir von ihm die Festnetznummer seines Hotels geben lassen, ihn unter dieser tatsächlich auch erreicht und somit hat der Gute ein Alibi.«

Max griff nach den Vergrößerungen des Spusi-Tonis und wedelte damit in der Luft. Dann ließ er den Leiter der Spurensicherung das vorläufige Ergebnis für Fäustl wiederholen.

»Schau an, schau an, hat der Menhart also wahrscheinlich doch die ganzen Schmierereien verbrochen.« Er schien kurz zu grübeln. »Sollen wir ihn scho packen?«

Max schüttelte den Kopf. »Wir warten auf den Bericht. Aber wenn er da ist, bleibt uns wohl nix anderes mehr übrig. So leid es mir für den Florian Menhart tut.«

»Kramer, du glaubst doch nicht, dass es der junge Menhart war, oder?«

»Nein!«

Fäustl kratzte sich am Kopf. »Warum? Kannst du mir das beantworten?«

»Das sagt mein Bauch.«

»Na gut, dann will ich mich mal deinem Gefühl anschließen.« Max glaubte, sich verhört zu haben. Ohne ihn, wie gewohnt, zu belehren oder mit irgendetwas aufzuziehen, begann Fäustl zu summen, fügte dann noch irgendwelche Nonsens-Silben wie »Schupdubidup-dup-dup« hinzu, bis daraus halb musikalische Wörter entstanden: »Schenk mir doch ein kleines bisschen Liebe, Liebe …«

»Warum bist du denn auf einmal so gut drauf?«, erkundigte sich der Spusi-Toni und wechselte mit Max einen vielsagenden Blick.

»Ach, nur so«, unterbrach Fäustl seinen Gesang.

*

»Mach dir keine Gedanken! Ich bin echt froh, dass du da bist.« Überschwänglich umarmte Andreas Spögler seine Schulfreundin und die Mitabiturientin seiner Frau. Vevi Unterprammer, jetzt Schwester Maria Evita, hatte er schon eine gefühlte Ewigkeit nicht mehr gesehen. »Mir und Romy wächst alles seit heute Vormittag echt über den Kopf, Vevi.«

Maria Evita klappte die Mülltonne zu. »Ich möchte euch wirklich helfen, war mir aber nicht sicher, ob du das überhaupt möchtest oder falsch verstehen würdest.«

»Ach, Schmarrn. Allerdings finde ich deinen Aufzug etwas befremdlich.«

»Ich mag meinen Habit. Und außerdem habe ich nix anderes anzuziehen.«

»Nenn mich Antichrist, aber du weißt, dass ich mit diesem religiösen Zeugs absolut nix anfangen kann.«

»Ja, und das ist mir vollkommen gleichgültig. Mein missionarischer Eifer hält sich in Grenzen.«

Seine Augen waren rot angeschwollen. Andi musste in den letzten Stunden viele Tränen vergossen haben. Nun hatte er sich wieder im Griff und war zwischen seinen Sätzen sogar immer wieder zu einem kurzen

Lächeln fähig. Er deutete auf sein Haus. »Komm, lass uns reingehen. Hier ist es doch ein bissal kühl. Was wolltest du denn beim Müll?«

»Abfälle entsorgen. Ich hab nämlich für euch gekocht.«

Nachdem Andi kurz stehen geblieben war, sah Maria Evita, dass er skeptisch dreinblickte. Also setzte sie hinzu: »Vegan.«

Darauf lachte Andi tatsächlich. Er wirkte erleichtert.

*

Kompositorisch betrachtet stimmte an der Curry-Gemüse-Obst-Brühe eine ganze Menge nicht. Weder Andi, Romy noch Maria Evita konnten genau beschreiben, von welchem Parameter zu viel und von welchem zu wenig drin war. Sauerkraut, Rosinen und Kartoffeln auf der einen Seite vertrugen sich nicht mit Karotten, Mandeln, Cashewkernen und Haselnüssen auf der anderen. Das aufdringliche gelbe Currypulver gab diesem Eintopf dann den Rest. Nachdem sich alle drei an den Spögler'schen Küchentisch gesetzt hatten, wünschten sie sich einen »Guten Appetit«. Als der erste Löffel Gaumen und Zunge passiert hatte, setzte ein ungewöhnlich langes Schweigen bei Tisch ein. Romy schloss sogar ihre Augenlider. »Vorzüglich«, lobte sie mit halb erstickter Stimme, wobei jedem klar war, dass dies nicht der Wahrheit entsprach.

Andi schloss sich mit einem »interessant« an, was Maria Evita mehr traf als Romys Geflunkere eben.

»Schmeckt furchtbar«, sagte Maria Evita beschämt.

»Na ja.« Andi wiegte seinen Kopf hin und her. »Das ist schon ein starkes Wort. Sagen wir mal so: Ich würde es mir im Lokal kein zweites Mal bestellen.«

»Hast du dir diesen Eintopf selber ausgedacht oder gibt es dazu ein Rezept?«, fragte Romy, während sie nach ihrem Glas griff. Sie nahm einen großen Schluck Mineralwasser, der allerdings den penetranten Currygeschmack nicht hinfortspülen konnte.

»Es stammt vermutlich von Worst Of Chefkoch«, schmunzelte Maria Evita. »Ich habe noch nie vegan gekocht und in meiner Verzweiflung eine Bekannte angerufen. Sie hat das Rezept aus dem ayurvedischen Basiskochkurs von der VHS. Diese Kochschule werde ich auf alle Fälle nicht besuchen. Vorschlag: Ich entsorge das jetzt und dann essen wir Brot oder Müsli.« Sie stand auf und kippte ihren Teller zurück in den Suppentopf, der in der Mitte des Tisches stand. Romy reichte ihr ihren Teller und Andi tat es ihnen gleich.

»Müsli ist eine ausgezeichnete Idee.« Auch Andi erhob sich und ging zum Kühlschrank.

»Ich finde es trotzdem klasse, dass du da bist«, sagte Romy.

»Morgen gibt's einfach Salat«, meinte Andi. Aus dem Kühlschrank holte er eine Packung Soja-Joghurt.

Den Essensvorschlag für den nächsten Tag begrüßten Romy und Maria Evita ebenfalls.

»Vevi, ich hab da mal eine Frage«, sagte Romy zögerlich und damit war klar, dass sie ein völlig anderes Thema anschneiden wollte.

»Was bitte?«

»Das klingt nach Frauengespräch«, sagte Andi und holte drei kleine Schüsseln aus dem Schrank. »Verzieht euch doch aufs Sofa, ich bring das Müsli und geh nach oben. Bin echt fertig und muss wieder allein sein, zum Nachdenken.«

Maria Evita stand auf und reichte Romy ihre Krücken, die am Herd lehnten. »Soll ich dir helfen?«

»Nein, das kann ich alleine. Vielen Dank.«

Im Wohnzimmer angekommen, setzten sich beide auf die Couch und Romy benutzte den Sessel, um ihr verletztes Bein abzulegen. Es sah aus, als würden zwei Teenies gleich über Jungs quatschen wollen. Maria Evita hatte ihre Beine angewinkelt und ein Kissen umschlungen.

Andi brachte ihnen das Müsli und verabschiedete sich ins obere Stockwerk. Als er die Türe hinter sich zugezogen hatte, kam Romy auf die vorher angekündigte Frage zurück. »Warum bist du wirklich bei uns?«

Maria Evita nahm einen tiefen Atemzug und Max' Gesicht erschien in ihren Gedanken. »Um euch zu helfen.«

Romy glaubte ihr kein Wort. »Und wirklich? Du darfst doch als Dienerin Gottes mich jetzt nicht anschwindeln, oder?«

»Ja, es gibt noch einen anderen Grund.« Es ärgerte Maria Evita, wie leicht sie zu durchschauen war. Menschen, die sie schon länger kannten, konnten in ihrem Gesicht lesen wie in einem offenen Buch.

»Du willst uns bekehren.«

Auf diese Vermutung hatte Maria Evita gewartet. »Nein, um Gottes willen! Ich habe es im Kloster nicht mehr ausgehalten.«

Romy griff nach ihrer Hand. »Echt, du willst deinen katholischen Verein endlich verlassen?«

Sie zögerte, darauf zu antworten. Ihre Zunge lag auf einmal bleischwer in ihrem Mund, da ihr die ganze Kussgeschichte, ihr Schweigegelübde bis Ostern und was sonst alles noch zu dieser verworrenen Geschichte gehörte, nicht leicht über die Lippen kam. Plötzlich entwich ihr ein befreiendes »Ahhhh«, gefolgt von einem ehrlichen »Nein, auch nicht«.

»Lass dir doch nicht jedes Wort aus der Nase ziehen. Was ist jetzt genau los?«

»Ich habe ein riesiges Problem mit Max«, sagte Maria Evita. Romys Augen weiteten sich, sie gab aber keinen Kommentar dazu ab, sodass Maria Evita bereits dachte, sie könne mit dem Namen nichts anfangen. »Kramer«, fügte sie deshalb eine Spur lauter hinzu. Als Romy immer noch keine Reaktion zeigte, wurde ihre Stimme noch deutlicher: »Mein Exfreund.«

»Wie kann man mit dem bitte ein Problem haben? Ich kenne Max, der gehört zu den besten Menschen der Welt. Er war wegen Hias heute Vormittag bei uns.«

Bei Romys Worten wurde ihr klar, dass ihre Freundin nicht wissen konnte, worin ihr eigentlicher Konflikt bestand. »Ich mag jetzt nicht darüber reden.«

»Du willst in meinem Haus ein paar Tage übernachten, dann will ich auch genau wissen, warum.«

Die Finger, mit denen Maria Evita das Kissen hielt, krampften sich in den Bezugsstoff. »Ich erzähle dir kurz, worum es geht. Du hörst bitte nur zu und gibst mir keinen Rat. Und dann reden wir über etwas anderes. Okay?«

»Wenn du dich dann wieder entspannst.«

Maria Evita zögerte. »Max hat mich bei einem heimlichen Abendessen geküsst, und wir wurden von der ehrwürdigen Mutter Oberin dabei erwischt.«

»Oh.« Romy blieb der Mund offen stehen. »Damit habe ich jetzt nicht gerechnet. Liebst du ihn?«

»Nein. Herrgott, ich weiß es nicht! Ich bin vollkommen durcheinander. Das Kloster ist eigentlich mein Zuhause.«

»Und uneigentlich?«

»Gerade fühlt es sich nicht richtig an, dortzubleiben. Die ehrwürdige Mutter hat mir nahegelegt, dass ich mir über mein Leben klar werden soll.«

»Da gebe ich dieser Ordensfrau sogar recht.«

»Aber was heißt das?«

»Dass du eine Entscheidung treffen sollst, wie du dir deine Zukunft vorstellst. Ich sehe dich bis zum Ende deiner Tage nicht im Kloster.«

»Sondern?«

»Mit Kind, Mann und Hund in einem Reiheneckhaus in Altötting.«

»Das ist doch nicht dein Ernst.«

»Doch«, sagte Romy und grinste.

Jeder Gedanke an diese Geschichte tat ihr weh.

Romy sah sie durchdringend an. »Warum bist du eigentlich noch bei diesem Verein dabei?«

»Warum?« Nun fehlten Maria Evita die Worte. »Tja, warum?«, sagte sie nachdenklich. »Ich will darüber jetzt nicht mehr reden, bitte.«

Freundschaftlich klopfte Romy auf Maria Evitas Schulter. »Wie du möchtest.«

Seit ihrem Abitur war schon einige Zeit vergangen, aber es fühlte sich in diesem Moment an, als wären sie erst gestern noch zusammen aufs Gymnasium gegangen. »Anderes Thema: Wie geht es dir, wegen deinem Schwiegervater?«

Romy zuckte mit den Schultern. »Ehrlich gesagt: weder gut noch schlecht. In mir fühlt es sich völlig leer an. Sein Tod ist bei mir noch nicht ganz angekommen.«

»Mochtest du ihn?«

»Ja, aber wir hatten kein herzliches Vater-Schwiegertochter-Verhältnis, wenn du das meinst. Hier ist alles zu eng. Mit dem Schwiegervater in einem Haus und dann noch die Praxis unter demselben Dach. Manchmal hab ich das Gefühl, verrückt zu werden. Beziehungsweise hatte, denn nun wird sich einiges bei uns entspannen.«

»Hast du auch in der Praxis mitgearbeitet?«

»Ja, das hat sich so ergeben.«

»Ich dachte, du hast BWL studiert.«

»Hab ich auch. Deshalb bin ich für alles und nichts bei uns in der Praxis zuständig. Büro, Telefon und

wenn es sein muss, streichle ich auch die Katzenbe-
sitzerin, deren Schützling wir gerade einschläfern. Ein
Hansdampf in allen Gassen sozusagen.«

»Ich war vorher bei euren Mülltonnen. Warum
schmeißt ihr so viele Fotos von Hias und seiner zweiten Frau weg? In meinen Augen ist es sehr wichtig,
dass man zur Bewältigung der Trauer die Erinnerun-
gen an die geliebte Person behält.«

»Wir haben was?«, fragte Romy entgeistert. »Also
ich ganz bestimmt nicht.«

»Dann war das wohl Andi. Fotoalben und drei
gerahmte Bilder von der Abiturfeier und so weiter.«

»Er ist heute nicht ganz bei sich, wie du vielleicht
schon gemerkt hast. Mir geht es auch nicht gut. Wir
beide haben den Tag über mehrere Hochs und Tiefs
erlebt. Dass er die Alben wegschmeißt, ist sicher nur
eine Kurzschlusshandlung.«

In diesem Moment barst die Scheibe der Terrassentüre mit einem ohrenbetäubenden Klirren, das den
ganzen Raum erfüllte. Unzählige Scherben lagen auf
dem Wohnzimmerboden. Ein gellender Schrei entfuhr Romy, und Maria Evita duckte sich vor Schreck
in das Kissen auf ihrem Schoß. Neben ihnen lag ein
Pflasterstein, der mit einem Papier umwickelt war.
Jemand hatte ihn vom Garten aus durch die Schiebe-
tür geschleudert.

VII. GLANZVERKLÄRT,
UNTER SCHERBEN

Aus Romys Gesicht war jegliche Farbe gewichen. »Da … da ist jemand«, keuchte sie.

Maria Evita hatte sich als Erste wieder im Griff, sprang von der Couch und schritt vorsichtig über die knirschenden Scherben hinweg zur Terrassentür. Draußen war es dunkel und sie konnte niemanden entdecken. Sie lauschte nach verdächtigen Schritten, aber ein Windstoß, der in diesem Moment durch die Bäume im Spögler'schen Garten strich, überdeckte jedes andere Geräusch.

Romy beugte sich von der Couch zu dem eingewickelten Pflasterstein hinunter, der unweit von ihr zum Liegen gekommen war. Der Werfer musste eine ungeheure Kraft besitzen, um diesen schweren Quader so weit ins Zimmer schleudern zu können. Romy wickelte den Stein mit zitternden Händen aus. Auf die Din-A4-Seite hatte jemand aus einer Zeitung ausgeschnittene Buchstaben geklebt. Sie hielt ihn Maria Evita entgegen und las: »So bekommt doch jeder am Ende, was er verdient!«

Vom Hausgang kam Andi ins Wohnzimmer gerannt.

»Was ist passiert? Warum schreit ihr so laut?« Als er die gesplitterte Scheibe und den Pflasterstein entdeckte, ballte er seine Faust. »Jetzt sind die Menharts echt zu weit gegangen.«

Romy nickte und reichte ihm den Zettel. »Warum können die nicht einfach aufhören und uns in Ruhe lassen? Papa ist tot, was wollen die denn noch?«

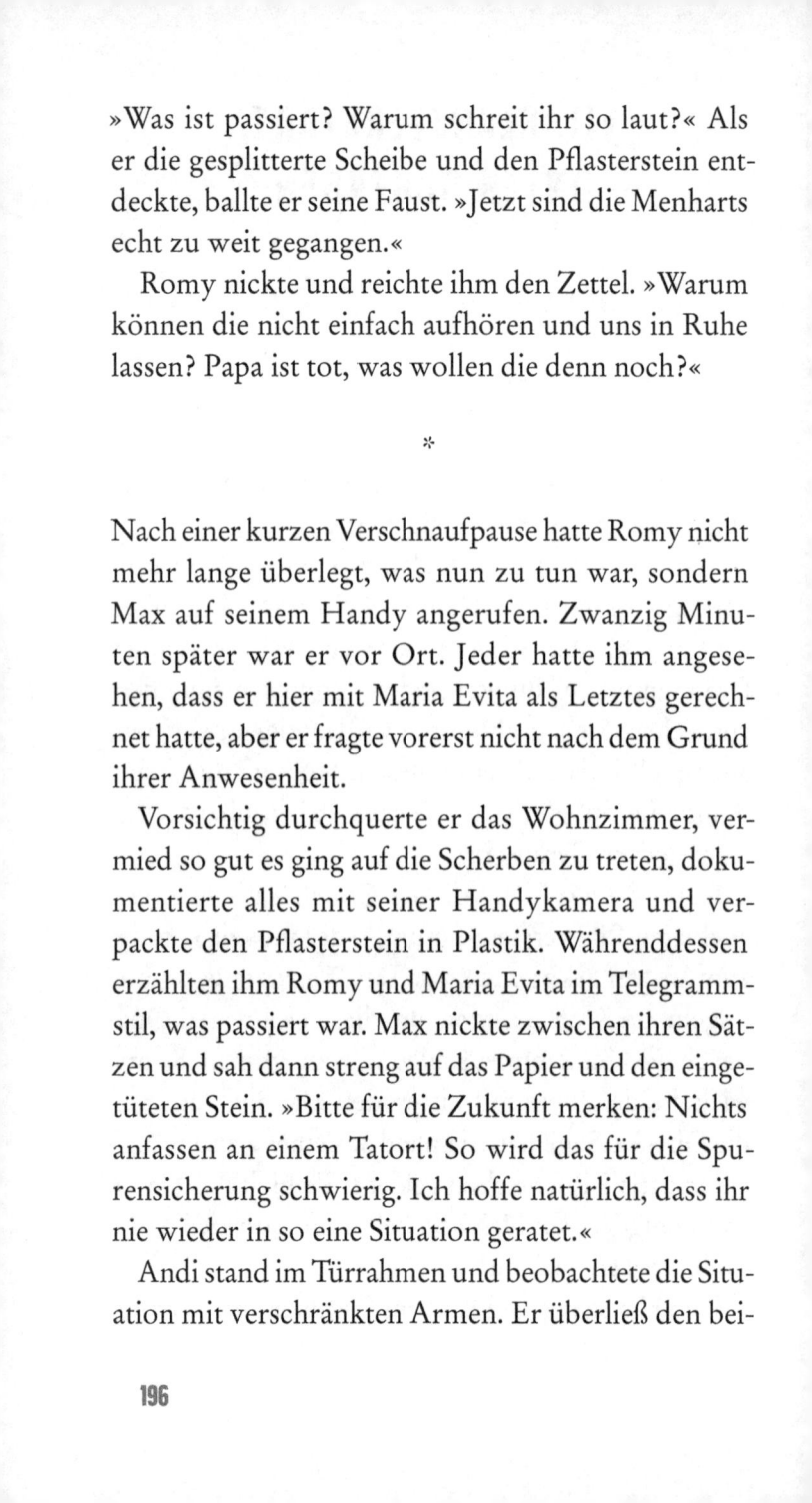

Nach einer kurzen Verschnaufpause hatte Romy nicht mehr lange überlegt, was nun zu tun war, sondern Max auf seinem Handy angerufen. Zwanzig Minuten später war er vor Ort. Jeder hatte ihm angesehen, dass er hier mit Maria Evita als Letztes gerechnet hatte, aber er fragte vorerst nicht nach dem Grund ihrer Anwesenheit.

Vorsichtig durchquerte er das Wohnzimmer, vermied so gut es ging auf die Scherben zu treten, dokumentierte alles mit seiner Handykamera und verpackte den Pflasterstein in Plastik. Währenddessen erzählten ihm Romy und Maria Evita im Telegrammstil, was passiert war. Max nickte zwischen ihren Sätzen und sah dann streng auf das Papier und den eingetüteten Stein. »Bitte für die Zukunft merken: Nichts anfassen an einem Tatort! So wird das für die Spurensicherung schwierig. Ich hoffe natürlich, dass ihr nie wieder in so eine Situation geratet.«

Andi stand im Türrahmen und beobachtete die Situation mit verschränkten Armen. Er überließ den beiden Frauen das Reden, die sich immer noch nicht beruhigt hatten. »Ihr habt wirklich keinen gesehen?«, fragte er schließlich.

Romy und Maria Evita schüttelten den Kopf. »Nein.«

Aus seiner Jackeninnentasche zog Max erneut sein Mobiltelefon. »Das wird wohl eine lange Nacht.« Er drückte ein paarmal auf seinem Display herum und hielt sich das Handy schließlich ans Ohr. »Servus, Toni, freu dich auf spätabendliche Gartenarbeit.«

»Müsst ihr das unbedingt heute noch erledigen?«, kam von Andi, der sich mit einer Hand die Schläfen massierte, als hätte er Kopfschmerzen.

Max warf ihm einen verständnislosen Blick zu und umriss für den Spusi-Toni, was passiert war und dass sie im Garten nach Spuren suchen sollten.

»Ich kann nicht mehr«, hörten die Anwesenden Andis Stimme vom Boden, da er unvermittelt zusammengesunken war. Sofort legte Max auf und rannte zu Andi hinüber, der ausgestreckt zwischen Wohnzimmer und Gang zum Liegen gekommen war.

»Was ist los? Geht's dir nicht gut?« Auf den ersten Blick konnte Max nicht erkennen, ob Andi bei Bewusstsein war oder nicht. Er bückte sich und griff nach dessen Hand, um den Puls zu fühlen.

»Passt schon«, presste Andi hervor und zog seinen Arm zurück. Sein Zusammenbruch war also nicht so schlimm, wie von Max zuerst vermutet.

Andi rappelte sich wieder auf. »Wenn ich jetzt noch eine Horde Polizisten die ganze Nacht im Haus habe, wird mir das alles zu viel.«

»Ach, Andi.« Romy stapfte mit ihren Krücken zu ihrem Mann hinüber. »Komm, geh ins Bett und nimm eine Schlaftablette. Wir kümmern uns hier um alles.«

»Hat die Untersuchung des Gartens wirklich nicht bis morgen Zeit?«, begann Andi von Neuem.

»Ich halte es auch für besser, wenn du dich jetzt hinlegst«, sagte Max und griff Andi an seinen Schultern. Nun drehte er ihn in die andere Richtung und schob ihn auf den Gang. Unter seinen Handflächen bemerkte Max ein starkes Zittern, das von Andis ganzem Körper Besitz ergriffen hatte. »Komm, beruhig dich. Wir werden den Täter schon aufspüren, mach dir keine Gedanken. Und die Schlaftablette ist wirklich keine schlechte Idee.«

Von Andi kam keine Gegenwehr, keine weitere Reaktion. Er griff zum Treppengeländer und stieg langsam, fast wie in Trance, in den ersten Stock empor. Romy kam auf ihren Krücken gestützt dazu.

»Kümmer dich um ihn«, sagte Max. »Soll ich dir raufhelfen?«

»Nein, danke. Inzwischen habe ich mit den Stufen wirklich Übung.«

*

Als Max ins Wohnzimmer zurückkehren wollte, bemerkte er, dass Maria Evita verschwunden war. Auch in der Küche wurde er nicht fündig, also sah er vor der Haustüre nach, wo er sie endlich entdeckte.

Sie lehnte links neben der Tür an der Hauswand und betrachtete die Sterne am nächtlichen Himmel. Max lehnte sich ebenfalls an die Wand. Es war eine klare Nacht und es roch bereits nach Frühling. Um sie herum war alles still. Nur vereinzelt war das Rauschen der Bäume zu vernehmen, die das Spögler'sche Anwesen komplett umschlossen. So verweilten sie eine Minute lang nebeneinander und schwiegen sich an, bis Max nicht länger konnte und endlich wissen wollte, was seine Exfreundin im Haus des Mordopfers zu suchen hatte. Außerdem wollte er den Vorfall bei ihrem letzten gemeinsamen Abendessen vor sechs Tagen ansprechen, denn seither war sie für ihn wie vom Boden verschluckt gewesen. Er hatte sich um sie schon ernsthaft Sorgen gemacht. Sie hatte keinen der Anrufe beantwortet, die seine Mutter für ihn mit der Klosterpforte geführt hatte, um herauszufinden, wie es ihr nun ging. Seine Stimmung ging jeden Tag ein Stück weiter nach unten. Diese Wortlosigkeit hier draußen verstärkte sein mieses Gefühl, dass er seit diesem Date mit sich herumtrug.

»Ich bin vorher echt überrascht gewesen, dass du hier bei Andi und Romy bist«, eröffnete er das Gespräch.

»Ich bin heute Nachmittag gekommen und bleibe ein paar Tage.«

»Warum?«

»Weil ich meine Nächsten liebe und sie nun jede helfende Hand gebrauchen können. Romy ist ja gehandicapt, wie du siehst.« Bis jetzt hatte Maria

Evita ihren Blick noch nicht gesenkt und Max angesehen, sondern weiter stoisch nach oben gestarrt. Es tat ihm weh, dass sie ihm zunächst bewusst nicht in die Augen hatte schauen wollen.

»Du gehst mir seit einer Woche komplett aus dem Weg und stellst dich tot. Wieso?«

»Ja, bis heute Vormittag habe ich mich auch noch an mein Schweigegelübde gehalten. Überleg mal, warum.« Maria Evitas Stimme klang gereizt.

Max sah sie direkt an. »Ich wollte dich nicht verletzen oder in Schwierigkeiten bringen. Das war echt keine Absicht.«

»Das glaube ich dir sogar.« Ihre Worte klangen eine Spur milder als zu Anfang ihres Gesprächs.

»Ich hätte Murphy's Law bedenken sollen. War ja klar, dass genau in dem Moment, als ich diesen Scherz mache, deine Chefin vorbeilaufen musste.«

»Nenn sie bitte ehrwürdige Mutter, aber nicht Chefin, und bezeichne diesen Kuss nicht als Scherz.«

»Okay, okay! Hast du ihn eigentlich gut gefunden?«

Sie verdrehte die Augen. »Das tut jetzt nix zur Sache.«

»Ich finde, dass diese Frage sogar ganz entscheidend ist.«

Maria Evita stieß sich von der Wand ab, entfernte sich ein paar Meter und drehte sich dann ruckartig um. »Kannst du nicht einfach aufhören, mich zu belästigen?«

Max fühlte einen Stich in seinem Herzen, da ausgerechnet die Frau, die ihm wirklich wichtig war, ihn aufforderte, aus ihrem Leben zu verschwinden. »Belästigen? Das ist hart und ungerecht. Aber wenn du meinst, dass ich dich belästige, dann werde ich ab jetzt grundsätzlich hundert Meter Sicherheitsabstand zu deiner Person halten.«

»Nein, so war das überhaupt nicht gemeint. Sei bitte nicht sauer. Ich ... ich ... ich weiß einfach nicht mehr, was ich will.«

Max hätte sie nun zu gerne in den Arm genommen, ließ es aber bleiben, da er Angst hatte, die Situation dadurch noch zu verschlimmern. »Was wolltest du denn, als du es noch gewusst hast?«

»In der Gemeinschaft im Kloster leben, aber nun halte ich es dort nicht mehr aus. Deine Einladung anzunehmen, war ein schwerer Fehler.«

»Willst du vielleicht keine Nonne mehr sein?«

Sie zögerte. »Doch.«

An der kleinen entstandenen Pause erkannte Max, dass er mit seiner Frage ins Schwarze getroffen hatte. Sie hatte wirkliche Zweifel an ihrem Dasein, was ihn neue Hoffnung schöpfen ließ. Er liebte diese Frau nach wie vor. Sein Gefühl war nie ganz erloschen und im Moment so stark wie zu ihren gemeinsamen Schulzeiten.

Von der Landstraße bog in diesem Moment ein Auto in die Spögler'sche Zufahrt ein.

»Wir reden nachher weiter«, seufzte Max.

Zwei Scheinwerfer kamen langsam auf ihn und Maria Evita zu und beleuchteten ihre Zusammenkunft.

Als das Fahrzeug zum Stehen kam, erkannte Max den Spusi-Toni am Steuer und einen seiner Männer auf dem Beifahrersitz und einen auf der Rückbank. Sie stiegen aus, warfen beiden im Gehen ein schnelles »Servus« zu, zogen aus ihrem Kofferraum jeweils einen weißen Ganzkörperanzug und streiften diesen über.

»Kramer«, sagte der Spusi-Toni und kam raschelnd auf ihn zu. »Bitte um eine kurze Einweisung.«

Max erzählte, was vorgefallen war, und bat den Toni und seine Männer, im Garten zu beginnen, von wo aus der Täter den Stein geworfen hatte. »Ich hab einen kurzen Blick draufgeworfen. Der Rasen ist in diesem Jahr noch nicht gemäht worden und man sieht deutlich Trittspuren.«

Der Spusi-Toni nickte. »Also Suche nach Schuhabdrücken, Fasern und Schnickschnack. Jungs holt die Festbeleuchtung raus.«

Aus dem Kofferraum zogen die zwei Beamten der Spurensicherung verschiedene Scheinwerfer und zugehörige Stative heraus.

»Wo griang ma an Strom her?«, fragte der kleinere von den beiden und hob eine Kabeltrommel in die Luft.

Maria Evita fühlte sich angesprochen. »Entweder übers Wohnzimmer oder ich glaube, auf der Terrasse sind auch Steckdosen. Ich zeig euch alles.«

Die Männer der Spurensicherung folgten Maria Evita ins Innere.

*

»Nix, nix, nix. Keine Fasern und nur ein halb schauriger Abdruck«, erklärte der Spusi-Toni. Inzwischen war es früher Morgen und die Temperaturen waren wieder weiter nach unten gegangen. Max stand müde und fröstelnd neben seinem Kollegen und hörte sich dessen Ausführungen an.

»Der Täter hat was um die Schuhe gewickelt gehabt. Vermutlich Plastikfolie oder so einen Überzieher aus dem Krankenhaus. Kann man da vorne erkennen, wo das Gras aufhört und er tatsächlich einen Abdruck in der Erde hinterlassen hat. Also ein Profi, wennst mich fragst.«

Max besah sich den kompletten erleuchteten Garten, der von Bäumen und der Landstraße umschlossen wurde. Im hinteren Bereich stand ein alter Schuppen mit Ziegeldach und davor, abgegrenzt durch einen verwitterten Holzzaun, ein kleiner Bauerngarten, der schon jahrelang nicht mehr gepflegt worden war. Abgestorbene Stauden, Äste mit vor sich hin faulenden Früchten, die die Vögel im Herbst verschmäht hatten, und Gestrüpp bildeten einen Wall, der ihn an Dornröschens Schloss denken ließ. Der Pflastersteinwerfer war um ungefähr zwanzig Uhr zu Fuß über den Hof gekommen, um den Praxisteil des Hauses herumgeschritten und dann über den Rasen bis zur Terrasse geschlichen. Max konnte das klar an den sichtbaren Abdrücken erkennen, die die Grasfläche gespeichert hatte. Ihm war kalt. Hinter seiner Schläfe begann ein Ziehen, das, wenn er nicht bald eine Schmerztablette einwarf, sich sicher am nächsten Tag zu einer Migräne-Attacke auswachsen würde. Plötzlich ging ihm ein Licht auf. Er war so überrascht von seinem Geistesblitz, dass das Drücken in seinem Kopf augenblicklich nachließ. Warum war ihm das denn nicht gleich aufgefallen?

Max ließ den verdutzten Spusi-Toni links liegen und lief zurück ins Wohnzimmer, um den Pflasterstein noch einmal in Augenschein zu nehmen. Ihm kam der steinerne Quader sehr bekannt vor. Max hielt die Tüte in das Licht der Wohnzimmerlampe und besah sich das Ding von allen Seiten. Ja, er war auf der richtigen Fährte. Dieser stammte doch sicher aus dem Haufen vor Menharts Hof, wo sie gerade dabei waren, die Zufahrt zu pflastern.

Nachher würde er noch einen kleinen Abstecher zum Menhart-Hof machen und sich ein Vergleichsstück besorgen, bevor er zu seiner Wohnung fuhr, um sich noch kurz aufs Ohr zu hauen. Morgen in der Früh würde er dann den jungen Menhart zusammen mit dem Fäustl in die Zange nehmen und ihn fragen, was dies alles zu bedeuten hatte. Vielleicht war Florian Menhart doch nicht der, für den er ihn hielt. Vielleicht war er ein gestörter Geisteskranker, der nicht nur seine Nachbarn terrorisierte, sondern auch zu einem Mord fähig war. Egal ob Max ihn nun sympathisch fand oder nicht.

*

Die Scheinwerfer, die ihren nächtlichen Garten wie den Rasen eines Fußballstadions erhellten, malten sonderbare Schatten an die gegenüberliegende Wand ihres Bettes. Romy hatte trotz allem bereits eine Zeit lang ruhig geschlafen und im Traum mit Maria Evita zusammen ihren Garten umgegraben. Unerwartet heftig spürte sie, wie Andi sich auf seiner Seite hin und her wälzte und sein Bein ihrem verletzten Knie einen heftigen Stoß versetzte, dass sie vor Schmerzen stöhnte und schlagartig wieder hellwach war. Andi sah richtig elend aus. Der Schweiß stand auf seiner Stirn und mit weit aufgerissenen Augen starrte er zur Balkontüre hinüber.

»Du zitterst ja.« Romy griff nach Andis Hand.

Mehrmals hintereinander schluckte er, bis aus seinem Mund ganz leise und mit viel Atem »Ich bin am Ende« kam.

Romy wusste nicht, wie sie ihrem Mann in diesem Moment wirklich helfen sollte. Ein Gefühl der vollkommenen Machtlosigkeit breitete sich in ihr aus. »Versuch zu schlafen«, sagte sie schließlich.

»Geht nicht.«

Romy nahm Andis kalte Hand und drückte sie sich zärtlich an ihre Wange. »Schatz, hol dir bitte eine Schlaftablette. Ich kann dir nicht weiter zuschauen, wie du dich neben mir zermarterst.«

»Es ist so hell da draußen.«

»Lass die Rollläden herunter.«

»Nein.« Mit einem Ruck sprang Andi aus dem Bett, öffnete die Balkontüre und trat hinaus. Draußen lehnte er sich auf das Geländer und atmete lautstark ein und aus. Nebelschwaden verließen dabei seinen

Mund, denn die kühlen Frühlingstemperaturen machten den Atem sichtbar.

Romy verstand ihren Mann nicht. Sie hätte nie für möglich gehalten, dass der Tod ihres Schwiegervaters Andi so dermaßen aus der Bahn werfen könnte. »Komm zurück und leg dich bitte wieder hin.«

Als von Andi keine Reaktion kam, griff sie nach ihren Krücken, die an der Seite lehnten. »Ich hole dir jetzt eine Schlaftablette aus dem Bad. Wenn ich zurückkomme, liegst du bitte im Bett«, sagte sie streng und humpelte zwei Zimmer weiter.

Ihr Knie schmerzte, als sie zu den Schlaftabletten griff. Aus diesem Grund nahm sie für sich selbst eine Ibuprofen aus dem Badezimmerschrank, die sie mit einem Schluck Wasser sofort hinunterspülte. Da Romy keine Hand freihatte, stopfte sie sich die Palette mit den Pillen kurzerhand in ihre Boxershorts und kehrte zu Andi zurück. Sie war erleichtert, als sie sah, dass er ins Bett zurückgekehrt war. Schweigend reichte sie ihm die Schlaftabletten.

Andi drückte eine aus der Verpackung und schob sie sich in den Mund. »Hoffentlich hilft die jetzt auch«, sagte er.

Romys Augen glitten an ihrem Mann hinab. Neben ihr lag ein völlig anderer Mensch als gestern. Sie fühlte, dass etwas in ihm arbeitete. Wäre sie gläubig gewesen, hätte sie nun gebetet, dass Andi endlich Schlaf finden möge, so schickte sie nur kurz eine Bitte ins Universum, oder was immer da oben war. Langsam kam Andi zur Ruhe und die Wirkung des Schlafmittels setzte ein.

»Warum hast du eigentlich die ganzen Fotos von Hias und Marianne weggeschmissen?«, fragte sie, als Andi kurz davor war wegzudösen.

»Weil er ein Verbrecher war. Und sie eine dumme Nuss«, nuschelte Andi vor sich hin, dann nickte er ein.

VIII. IN DER DUNKELHEIT
RUHT EIN SCHATZ

Max' befürchtete Migräneattacke blieb aus. Vor dem Zubettgehen hatte er zwei starke Kopfschmerztabletten eingenommen und sich heute Morgen eine eiskalte Dusche gegönnt. Nun saß er auf seinem Drehstuhl in der Mühldorfer Kriminalpolizeistation und beobachtete die Kaffeemaschine auf dem Fensterbrett. Wie eine Sanduhr tropfte die schwarze Flüssigkeit in die Kanne. Auf ihn wirkte dieses Schauspiel meditativ. Seinen Gedanken ließ er freien Lauf und er versuchte, die bisher bekannten Puzzleteile des Spögler-Falls zusammenzusetzen.

Fäustl war unterwegs, um Menhart persönlich mit den grünen Kollegen aus Altötting beim Frühstück zu überraschen und zum Verhör nach Mühldorf zu bitten. Der Schriftexperte hatte in einer Spätabendschicht doch noch genügend Übereinstimmungen gefunden, um mit Sicherheit sagen zu können, dass beide Schriften ident waren. Somit hatte Menhart die Hauswand der Spöglers beschmiert.

Max war seit den frühen Morgenstunden im Besitz von zwei Pflastersteinen und hatte das Corpus Delicti noch nicht zur Untersuchung gegeben, denn er war sich sicher, dass Menhart bei einer direkten Konfrontation einknicken und ihnen vielleicht sogar den Mord gestehen würde. Das hoffte er zumindest. Denn derzeit war Menhart der Hauptverdächtige in diesem Fall.

Vom Gang her hörte er bereits Fäustls Stimme, der Florian Menhart aufforderte zu warten. Max goss derweil zwei Tassen Kaffee ein und ein paar Sekunden später streckte der Fäustl auch schon seinen Kopf durch die Bürotüre. »Guten Morgen«, sagte er lächelnd und Max hätte ihn fast nicht wiedererkannt. Vor ihm stand ein frisch rasierter, ordentlich gekämmter Mann in einem Sakko, das auch wirklich seiner Größe entsprach. Max war für einen Moment sprachlos.

Fäustl griff nach einer der beiden Tassen und setzte sich ihm gegenüber, während er vergeblich nach der morgendlichen Tüte mit Wurstsemmeln Ausschau hielt. »Hast du heute kein Frühstück dabei?«

»Nein, des wird es ab jetzt nicht mehr geben. Ich mach nämlich ab heute sechzehn zu acht. Sechzehn Stunden werde ich fasten und dann hab ich acht Stunden Zeit, um etwas zu mir zu nehmen. Die Mutter von der Mieze aus der Verwaltung hat so zwanzig Kilo abgenommen.«

»Wann hast du dich denn mit der Evi unterhalten.«

»Gestern.« Fäustl wurde für einen Moment rot, als wäre er ein Teenager. »Was für eine Strategie fahren wir beim Verhör?«, änderte er das Thema.

»Überrumpelung.« Max zog die beiden Pflastersteine aus seiner Schublade. »Geht hiermit am besten, glaube ich.« Er räusperte sich und nahm einen Schluck Kaffee. »Ich bin auf seine Reaktion gespannt, wenn er schnallt, dass wir ihm einen Schritt voraus sind.«

»Sind wir nett oder gleich g'schert?«, fragte der Fäustl, während er ebenfalls einen großen Schluck aus seiner Tasse zu sich nahm und dabei nichts verschüttete oder sich bekleckerte, wie das sonst der Fall war.

»Heute sind wir gute Cops. Das passt ja dann gleich zu deinem Outfit.« Max hatte ein breites Grinsen im Gesicht. »Was ist mit dir passiert? Hast du heute Firmung?«

»Nein, Erstkommunion«, konterte der Fäustl.

»Jetzt sag schon.« Max wusste haargenau, dass Fäustl sich nur wegen Evi Hauenstein so herausgeputzt hatte.

»Ich hab mir halt gedacht, dass es an der Zeit ist, mal wieder ein Sakko aus dem Kleiderschrank zu holen. Des wird sonst bloß ein ungetragener Mottenfraß und des wär ja schad drum. Sonst nix.«

»So?«, kam von Max. Es amüsierte ihn, wie gut der Fäustl doch lügen konnte.

»Ja, völlig ohne Hintergedanken.«

»Was für einen Hintergedanken hätte ich oder du denn haben können?«

»Kramer, du nervst.«

»Dann will ich das mal so stehen lassen. Hol den Menhart rein.«

Fäustl stand auf und rief Florian Menharts Namen. Als dieser eintrat, bedeutete Max ihm, gegenüber Platz zu nehmen, während Fäustl seinen Stuhl um den Schreibtisch herumtrug, um Florian beim Verhör ins Gesicht sehen zu können. Vor ihm breiteten sie die Blätter mit den beiden Schriften aus.

»Deshalb sind Sie also gestern bei uns gewesen«, sagte Florian Menhart fassungslos, als er seine eigenen Aufzeichnungen sah. Er vergrub sein Gesicht in den Händen.

»Kommt Ihnen beides bekannt vor?«

Menhart nickte stumm.

Max lehnte sich in seinem Bürostuhl zurück. »Die Schriften stimmen laut unserem Experten überein. Sie brauchen also gar nicht versuchen zu leugnen, dass Sie das Wort ›Sau‹ auf die Hauswand gesprüht haben.«

»Er hat meinen Vater umgebracht«, sagte Florian Menhart leise. »Er ist eine Sau! Beziehungsweise war eine Sau.«

»Sie geben die Schmiererei also zu?«

Abermals nickte Menhart stumm in sich hinein, als würde er in diesem Moment die Außenwelt gar nicht wahrnehmen. Nun legte Max die zwei Pflastersteine nebeneinander auf den Schreibtisch. »Was sollte das gestern Abend?«

Langsam schien Florian Menhart aus seiner Körperstarre aufzuwachen. Es kam Bewegung in sein Gesicht. »Ich versteh nicht. Was soll was?«

»Diese beiden Steine stammen doch aus dem Haufen vor Ihrem Hof, oder? Den einen hab ich mir zum Vergleich gestern Nacht noch geholt und der andere flog gegen acht Uhr abends durch die Terrassentüre der Spöglers.«

»Das war ich nicht.«

»Halten Sie uns bitte nicht für dumm«, schaltete sich der Fäustl ins Verhör mit ein. Anscheinend wollte er vom good cop zum bad cop mutieren.

»Ehrlich. Fragen Sie meine Familie, ich bin gestern Abend die ganze Zeit zu Hause gewesen.«

»Und Sie haben nicht einmal kurz ohne Zeugen zum Beispiel die Stallarbeit erledigt, oder so?« Fäustl beugte sich über den Schreibtisch und sah Florian Menhart direkt ins Gesicht.

»Doch, das habe ich sogar.«

Nun stieß Fäustl einen kleinen Pfiff aus. »Sehen Sie, und in der Zeit haben Sie eben kein Alibi.«

»Haben Sie keinen Verstand oder sind Sie einfach nur blöd?« Florian Menhart begann, aufgebracht zu gestikulieren.

»Mäßigen Sie sich bitte«, sagte Max mit ruhiger Stimme.

Menhart ließ seine Arme kurz sinken, überlegte ein paar Sekunden, um dann von Neuem zu beginnen. »Wenn ich bei den Spöglers irgendwas durch die Scheibe geschmissen hätte, dann hätte ich unsere Kühe nicht melken können und das habe ich in der Zeit getan, als ich nicht mit meiner Frau in einem Zimmer war, was ich aber um achtzehn Uhr erledigt habe. Um zwanzig Uhr haben wir schon wieder zusammen zu Abend gegessen.« Menhart kratzte sich nervös am Kopf. »Und hätte ich unsere Kühe nicht gemolken oder zu spät oder sonst was, dann wäre spätestens jetzt die Kacke aber so richtig am Dampfen.«

»Platzen dann die Euter?«, fragte Fäustl provokant.

»Ihre Frage verrät mir, dass Sie ein richtiger Trottel sind.«

Fäustl hob langsam seinen Kopf und kniff die Augen zusammen. »Ich sehe über Ihre Beleidigung mal hinweg, aber hören Sie auf, uns hier irgendwelche Märchen aufzutischen.«

»Erstens: Euter können nicht platzen.« Menhart sprang von seinem Stuhl auf, dass dieser mit lautem Gepolter nach hinten kippte. »Und zweitens: Wenn wir Kühe nicht täglich melken, dann bekommen sie eine Mastitis, zu Deutsch eine Brustdrüsenentzündung. Das könnte sich Ihre Frau beim Stillen übrigens auch einfangen.«

Fäustl verzog keine Miene. »Ich bin nicht verheiratet und habe keine Kinder. Wir überprüfen jetzt Ihr Alibi. Geben S' mir mal Ihre Nummer daheim.« Er schob dem jungen Menhart einen Block zu. Der sah zuerst trotzig zur Wand, um dann genervt nach einem Kugelschreiber zu greifen und die Telefonnummer des Bauernhofes zu notieren.

*

Die Wirkung der Schlaftablette dauerte an. Andi beklagte, als er gegen halb neun das erste Mal erwachte, dass er »Matsche im Hirn« habe. Romy verschwand daraufhin, so leise sie eben mit ihren Krücken konnte, und ließ ihren Mann wieder ins Reich der Träume abgleiten. Die halbe Nacht hatte sie sich ihr Gehirn zermartert, warum Andi seinen Vater als Verbrecher bezeichnet hatte. Bisher hatte er über Hias noch nie ein schlechtes Wort verloren. Vielleicht war er kurzzeitig vom eingenommenen Medikament so benebelt, dass er ungewollt vollkommenen Quatsch von sich gegeben hatte. Sie bezweifelte stark, dass er sich daran erinnern würde. Bis in die frühen Morgenstunden hatte sie sich Gedanken gemacht, bis endlich ein tiefer Schlaf über sie kam. Die weggeworfenen Fotos gaben ihr allerdings ein weiteres Rätsel auf. Kurz nach dem Tod des eigenen Vaters fast alle Erinnerungsfotos zu vernichten, war für Romy vollkommen unverständlich. Das alles wirkte auf sie, als wolle Andi den Geist seines Vaters komplett aus ihrem Haus verbannen. Aber warum nur?

Gedankenverloren schleppte sie sich Stufe um Stufe die Treppe zum Erdgeschoss hinunter. In der Küche hörte sie Maria Evita anscheinend ein Selbstgespräch führen, das immer wieder von Geschirrgeklapper unterbrochen wurde. Sie bereitete gerade das Frühstück zu. Doch als Romy ihre Küche betrat, stellte sie erstaunt fest, dass Maria Evita eine weitere Person bei sich hatte. Der vermeintliche Monolog ihrer Freundin entpuppte sich als Zwiegespräch. Am Tisch neben ihrem Vorratsregal saß Fräulein Schosi und hatte einen Kaffee vor sich. Ihr breiter Hintern überragte die Sitzfläche des antiken Holzstuhls um ein Vielfaches.

»Guten Morgen«, sagte Romy erstaunt.

Maria Evita kam auf sie zu und umarmte sie zur Begrüßung, während Fräulein Schosi sitzen blieb und lediglich nickte. Im Gesicht ihrer Freundin zeichnete sich ein falsches Lächeln ab, so als wäre ihr die Situation äußerst unangenehm. »Fräulein Schosi hat mich vorher überrascht ... Sie, na ja ...«

»Haben Sie eigentlich keine normale Milch oder Rahm da?«, unterbrach Fräulein Schosi das Gestammel der Novizin.

»Nein, Sie wissen doch, dass Andi und ich vegan leben«, gab Romy zur Antwort.

»Ja, Frau Spögler, aber irgendwo hat man doch immer eine Packung versteckt, wenn zufälligerweise Gäste vorbeikommen, oder ned? Und für seinen Schwiegervater hat man doch auch was Normales da. Dass der Hias auch so ein Gemüseapostel war, ist mir neu.«

Romy zuckte erstaunt mit den Schultern. »Also wir haben so was garantiert nicht im Haushalt. Außer vielleicht Mandelmilch, wenn Sie die möchten.«

Nervös nestelte Maria Evita an ihrem Habit herum. »Wie ich Ihnen bereits gesagt habe, Fräulein Schosi. Es gibt hier wirklich keine Kuhmilch im Haus.«

»Dann trink ich ihn halt schwarz, wenn's sein muss. So einen Mandelmatsch schütt ich mir da ned nei.« Missmutig hob Fräulein Schosi ihre Tasse an.

»Vielen Dank für Ihren Besuch. Was können wir denn für Sie tun?«, fragte Romy an Fräulein Schosi gewandt.

»Nicht Sie für mich, sondern ich für Sie.« Fräulein Schosi nahm einen Schluck aus ihrer Tasse und verzog für einen Moment ihr Gesicht.

»Aha. Das heißt?« Romy drehte sich um und wechselte mit Maria Evita einen unsicheren Blick, während diese gerade Teller und Besteck herrichtete und zum Tisch hinübertrug.

»Sie brauchen mich jetzt! Und da bin ich. Unsere Schwester Maria Evita hat mich gestern um mein ayurvedisches Gemüsesuppenrezept fürs Abendessen gebeten und ich weiß ja, dass sie sich schwertut mit dem Haushalt. Mei, manche haben halt nie gelernt, wirklich zuzupacken, und im Kloster, ich bitte Sie, da bekommt man das ja auch nicht gezeigt. Da hab ich mir gedacht, tu ich ein gutes Werk und komm mal vorbei, bis die Beerdigung vom Hias vorbei ist.«

»Ach, das Rezept von dem Curry gestern stammt von Ihnen?«

»Eigentlich von der Volkshochschule, aber ich habe es meinen Bedürfnissen angepasst.«

»Ja, das war wirklich ein durchschlagender Erfolg«, sagte Romy zweideutig, was ein Lächeln in Fräulein Schosis Gesicht zauberte, denn die Ironie in dem Satz war an ihr vollkommen vorübergegangen.

Maria Evita zog einen weiteren Stuhl unter dem Küchentisch hervor. »Komm, setz dich, Romy. Was möchtest du frühstücken?«

Fräulein Schosi hievte gleichzeitig ihre ausgebeulte Handtasche auf den Tisch. »Ich hab mir a paar Gedanken gemacht, was wir für Sie zubereiten könnten.« Verschiedene Gläschen mit Breien in undefinierbaren Farben kamen zum Vorschein. Von Grünbraun bis Lila war alles vorhanden. »Des sind alles noch

Überbleibsel vom ayurvedischen Basiskochkurs aus meinem Kühlschrank.«

Romy bekam es mit der Angst zu tun. »Was ist da drinnen?«

»Unterschiedlich. Des sind alles sogenannte Würzpasten. Warmmachen, Wasser drauf und dann Nudeln oder Reis rein. Ganz einfach und bloß Gemüse. Würden Sie ned vegan leben, dann könnte ma noch an Schuss Rahm reinmachen.« Nun griff Fräulein Schosi erneut in ihre Tasche hinein und förderte eine große Flasche Pfefferminzlikör heraus. »Auf dem Etikett ist extra vermerkt, dass des Schnapsal da auch vegan ist. Des is doch der Wahnsinn, oder?«

»Andi und ich trinken so was nicht.«

»Glauben S' ma's, in so einer Zeit wie jetzt braucht ma ab und zu a Stampal als Nervennahrung. Schwester geben S' ma bitte a Glasl.«

An Maria Evitas Blick erkannte Romy, dass sie nicht wusste, wo sie jetzt hingreifen sollte. »Oben rechts im Schrank über der Spüle«, kam sie ihr zu Hilfe.

Maria Evita fand schnell ein Schnapsglas und brachte es Fräulein Schosi an den Tisch, die es in Windeseile füllte und in einem Zug leerte. Danach gab sie ein befreiendes »Ahhhh« von sich. »Ohne diese Arznei beginnt kein guter Tag«, belehrte sie die beiden Frauen gegenüber. »Laut diesem Fernsehkoch da, ist die Pfefferminze richtig spitze gegen Blähungen und unterstützt den Magen-Darm-Trakt und dann is sie noch voller Antioxidingsda und hilft beim Kampf gegen die radikalen Kräfte.«

Nachdem Romy Fräulein Schosis Ausführungen gelauscht hatte, musste sie amüsiert lachen. »Das ist ja ein wahres Wunderkraut.«

»Ja«, sagte Fräulein Schosi im Brustton der Überzeugung. »Minze hilft in jeder Lebenslage.« Schon füllte sie das Glas wieder und hielt es Romy entgegen. »Da versuchen S' mal.«

»Nein danke, wirklich nicht.« Angewidert verzog Romy ihre Mundwinkel. »Ich bin eben erst aufgestanden. Das ist mir echt zu früh.«

»Na, dann halt ned.« So schnell konnte Romy gar nicht schauen, wie Fräulein Schosi auch den zweiten Likör in sich hineingekippt hatte.

»Prost«, kam aus dem Hintergrund von Maria Evita.

»Also, was mach ma?« Fräulein Schosi rieb sich die Hände, was bei Romy kein gutes Gefühl hinterließ. Diese Frau hatte sie mit ihrem Tatendrang buchstäblich überfahren, aber sie einfach jetzt aus dem Haus zu schmeißen, kam für Romy auch nicht infrage.

»Soll ich vielleicht schon mit den Würzpasten da ein Mittagessen zaubern?«

»Nein!« Wie aus der Pistole geschossen kam dieses Wort über Romys Lippen. Unverständnis machte sich in Fräulein Schosis Gesicht breit.

»Wieso denn nicht?«

»Weil …« Oh Mann, Romy benötigte eine schnelle Lösung und Idee. »Weil …« Wo blieb die Eingebung, wenn man sie brauchte? »Weil ich Ihnen äußerst dankbar wäre, wenn Sie sich im Garten umsehen könnten und ihn in Ordnung bringen. Der Frühling steht ja vor der Türe und gestern Nacht hat dort die Spurensicherung gewütet. Es wäre so lieb von Ihnen, wenn Sie uns das abnehmen könnten.«

»Freilich«, sagte Fräulein Schosi und stand auf. »Zeigen S' mir nur, wo die Gartengeräte und vielleicht ein Paar Arbeitshandschuhe sind. Ich bin körperliche Arbeit gewöhnt.« Bei ihrem letzten Satz warf sie einen verächtlichen Blick auf Maria Evita, die sich aber nicht provozieren ließ.

*

»Ich konnte nix machen. Sie ist plötzlich in der Tür gestanden und hat mich sprichwörtlich überrannt. Mit welcher Ausrede kriegen wir sie jetzt bloß wieder von der Backe? Die lässt sich nicht besonders leicht abwimmeln, das kann ich dir aus eigener Erfahrung sagen.« Verzweifelt und gestenreich erklärte Maria Evita, wie es so weit kommen konnte, dass plötzlich Fräulein Schosi in Romy und Andis Haus aufgetaucht war.

»Komm mal wieder runter. So schlimm ist das nun auch nicht«, versuchte Romy ihre Freundin zu beruhigen. »Atme mal tief durch. Wenn Fräulein Schosi meinen Garten auf Vordermann bringt, kann sie hier ruhig öfter vorbeischauen.«

Von draußen hörten die beiden Frauen ein fröhliches, aber äußerst eigenwilliges »Großer Gott, wir loben dich. Herr wir preisen deine …«

Maria Evita seufzte. »Soll ich uns irgendwoher Ohrenstöpsel holen?«

»Keine schlechte Idee«, lachte Romy.

*

»Also, Ihre Frau kann nicht bestätigen, dass Sie gestern Abend zur fraglichen Zeit schon im Haus waren, Herr Menhart.« Fäustl kam gerade aus dem Nebenzimmer zurück, von wo aus er telefoniert hatte.

»Blödsinn«, entfuhr es Florian Menhart.

»Wo waren Sie?«, fragte Max mit Nachdruck.

Florian Menharts Faust schlug auf Max' Schreibtisch, dass die abgestellten Kaffeetassen davon erschüttert wurden. »Im Stall, Herrgott noch einmal!« Er schwitzte und seine Augen waren glasig.

Max schüttelte ruhig den Kopf und kniff dabei ein Auge zu. »Sie müssen schon zugeben, dass Sie durch diese Schmierereien und das fehlende Alibi nicht gerade im besten Licht dastehen, oder?«

»Ich sag nix mehr ohne meinen Anwalt.« Trotzig verschränkte Florian Menhart seine Arme vor dem Oberkörper.

»Wie Sie wünschen«, sagte Fäustl und schob ihm das Telefon auf dem Schreibtisch hinüber. »Bitte schön. Dann rufen Sie Ihren Rechtsbeistand mal an.«

*

Fräulein Schosis Singstimme erfüllte das ganze Haus. Jedes hölzerne Bauteil wirkte, als würde es im Rhythmus ihres Damen-Basses vibrieren. Romy schien alles gekonnt zu ignorieren. Sie verzog keine Miene und durchforstete das Internet nach der Nummer des Altöttinger Bestattungsinstituts Bauschmidt, von dem sie sich Unterstützung erhoffte, sobald Hias' Leichnam von der Rechtsmedizin München zurückkam.

Maria Evita stand zwischen Herd und Spüle und putzte Gemüse, was sie mittags zu einem großen Salat verarbeiten wollte. Wie vom Donner gerührt zuckten beide gleichzeitig zusammen. Von draußen drang nun nicht mehr Fräulein Schosis Gesang zu ihnen herein, sondern sie hörten Andis Stimme. Er brüllte vom oberen Balkon in den Garten hinunter. Seine Worte waren schwer zu verstehen, denn seine Stimme überschlug sich in rasender Wut. Maria Evita warf den Gemüseschäler aus der Hand und rannte über das Wohnzimmer nach draußen. Die gesprungene Terrassentüre war nur mehr angelehnt und inzwischen mit Plastikfolie verschlossen, weshalb Andi auch in der Küche so gut zu hören war.

Als sie in den Garten trat, sah sie Fräulein Schosi mit einer Gartenschere bewaffnet in dem kleinen umzäunten Bauerngarten stehen. Sie hatte bereits gute Arbeit geleistet und das meiste von dem abgestorbenen Gestrüpp vernichtet. Vollkommen verdattert blickte sie hinauf zum Balkon. Maria Evita drehte sich um und erblickte Andi mit hochrotem Kopf. Seine Faust hatte er zum Himmel erhoben. »Verschwinden Sie hier! Gestern Nacht hat die Spurensicherung hier alles auf den Kopf gestellt und jetzt Sie. Nimmt das gar kein Ende mehr? Ich will einfach meine Ruhe. Und dann kommen Sie einfach in meinen Garten und schneiden hier eigenmächtig alles ab. Was soll das? Wer hat Sie reingelassen? Hauen Sie ab! Sie fette, alte Kuh!«

»Herr Spögler, ich will Ihnen doch nur helfen«, schrie Fräulein Schosi zu Andi hinauf.

»Stecken Sie sich Ihre Hilfe gefälligst sonst wohin. Verpissen Sie sich von meinem Grundstück! Und halten Sie endlich Ihren Rand. Das kann man ja nicht aushalten. Sie foltern mein Gehör mit Ihrem Gesinge da. Das ist Körperverletzung.«

Fräulein Schosi warf die Schere zu Boden und stampfte auf Maria Evita zu. »Des hat ma jetzt davon, wenn man ein gutes Werk tun will. Mich ham S' hier das letzte Mal gesehen. So eine Unverschämtheit.« Hocherhobenen Hauptes drückte sie sich an der jungen Novizin vorbei durch die Terrassentür und rief, als sie diese passiert hatte: »Frau Spögler, Ihr Mann hat anscheinend den Verstand verloren.«

*

Was bildete sich dieser junge Spögler überhaupt ein, so mit ihr zu sprechen? Ihr Unterkiefer zitterte vor Wut, während Fräulein Schosi in kurzen Abständen auf das Lenkrad ihres alten Golfs eindrosch. Vor der Abfahrt bei den Spöglers hatte sie noch zwei Beruhigungslikörchen gekippt, die aber gerade ihre Wirkung noch nicht taten. »Also wirklich… also wirklich«, keuchte sie in einem Selbstgespräch, das immer wieder zu dem Schluss kam, dass Andi Spögler nicht mehr zurechnungsfähig war.

Die Allee zwischen Tüßling und Altötting näherte sich dem Ende und in ein paar Hundert Meter würde sie bereits am Altöttinger Kreisverkehr angekommen sein. Rechts erblickte sie einen Pferdehof und daneben aus dem Nichts eine Polizeikelle. Auch das noch. Fräulein Schosi trat in die Bremse, dass ihr Wagen mit einem Quietschen auf dem Asphalt zum Stehen kam.

Auf der rechten Seite standen wie bereits gestern auf der anderen Seite der Landstraße Seppi Meyerling mit einem Klemmbrett und der kleine Schinke. Beide mit einem süffisanten Grinsen bewaffnet, als sie erkannten, welcher Fisch ihnen gerade ins Netz gegangen war.

»Führerschein und Fahrzeugpapiere«, sagte der kleine Schinke lässig, als Fräulein Schosi ihr Fenster runtergekurbelt hatte. »Und an schönen Gruß von meiner Oma, sie hat den Ochsenfiesel scho vor Jahren entsorgt.«

Seppi Meyerling trat dazu und bückte sich zum Fenster. Kurz schnupperte er ins Wageninnere. »Fräulein Schosi, Sie riechen aber schon ganz schön nach Alkohol. Oh, oh, oh …« Er schmunzelte. »Sind Sie mit einer freiwilligen Kontrolle einverstanden? Durch Blasen, selbstverständlich.«

*

Ihr Knie schmerzte wieder, was auch durch die Einnahme von Medikamenten nicht besser wurde. Sie hörte, wie Andi aus dem ersten Stock zu ihr herunterpolterte, dabei nach ihr rief und nach wie vor Fräulein Schosi beschimpfte, die das Haus bereits längst verlassen hatte. Wären die beiden aufeinandergetroffen, hätte Romy für nichts garantieren können.

Eben hatte es an der Tür geklingelt. »Bitte schau, dass er sich beruhigt, bevor er aufmacht.« Romy drehte sich zu Maria Evita um, die kurz nickte und dann die Küche verließ. Auf dem Gang wechselte sie mit Andi ein paar Worte, dass die ganze Schosi-Geschichte ein riesiges Missverständnis sei und er nun bitte dreimal ruhig durchatmen solle, bevor er dem nächsten Besucher öffnete.

Langsam wurde Romy bewusst, was gestern geschehen war. Bisher hatte sie so unter Schock gestanden, dass sie weder den gewaltsamen Tod ihres Schwiegervaters wirklich wahrgenommen hatte noch das, was das für sie selbst und ihre Ehe bedeutete. Ihr Mann war nicht mehr bei sich. So aggressiv hatte sie ihn noch nie erlebt. Sie fuhr sich mit den Händen übers Gesicht und bedeckte mit ihren Fingern ihre Augen, denn in diesem Moment fing sie an zu weinen. Sie konnte ihre Gefühle nicht mehr kontrollieren, geschweige denn die Tränen zurückhalten. Wie aus weiter Ferne nahm sie wahr, dass zwei Personen ihren Hausflur betraten und von Andi sowie Maria Evita begrüßt wurden. Andis Stimme klang kühl, aber kontrolliert. Sie hoffte, dass in den nächsten Minuten kein weiterer Ausbruch ihres Ehemannes folgen würde.

Viel mehr als die Geräusche vor der Küche zog der Duft ihrer Hände ihre Aufmerksamkeit auf sich. Handcreme. Sie hielt inne und verstand nicht, warum ihr das ausgerechnet jetzt auffiel. Sonst mochte sie diesen leicht parfümierten Geruch, doch in diesem Moment fand sie ihn alles andere als angenehm. Sie ließ ihre Hände wieder auf die Tischplatte sinken und sie schienen von einem Augenblick zum anderen so schwer, dass Romy sie nicht mehr heben wollte. Sie atmete einmal tief durch. Maria Evita und Andi kamen derweil mit einer Frau mittleren Alters und einem Jugendlichen herein. Ihr verschwommener Blick ließ sie die Frau nicht auf Anhieb erkennen, aber irgendwann waren sie sich bereits über den Weg gelaufen. Maria Evita stellte die beiden als Frau Vermehr und ihren Sohn Lui vor. Sofort erschien in Romys Kopf das Wort »Landrätin«, dicht gefolgt von »Schloss« und »Tüßling«. Sie konnte sich selbst nicht erklären, warum sie Larissa Vermehr heute nicht auf Anhieb erkannt hatte. Ihre Nerven trieben mit ihr ein komisches Spiel. Ein ungutes Gefühl beschlich sie. Was wollte diese Frau in ihrer Küche, noch dazu mit ihrem eigenen Sohn? Um ihr Beileid persönlich auszusprechen, hätte sie auch bis zur Beerdigung warten können. Ihr Sohn Lui zeigte keine Regung, hatte aber rot umrandete Augen, als hätte er vorher geweint. Obwohl gestern der Tag der Todesnachricht war, schien erst heute der Tag der Tränen zu sein, dachte

Romy. Der Junge tat ihr leid, obwohl sie den Grund für seine Traurigkeit nicht kannte. Hias konnte auf alle Fälle nicht der Auslöser sein.

»Andreas, gibt es bei Ihnen einen Raum, in dem wir unter sechs Augen ungestört reden können?«, eröffnete Larissa das Gespräch, ohne Romy zu begrüßen.

»Welche sechs Augen meinen Sie denn?«, fragte Andi. An seinem Tonfall erkannte Romy, dass sich ihr Mann Mühe gab, Ruhe zu bewahren.

»Sie, meinen Sohn und mich«, antwortete Larissa.

Diese Zusammenstellung kam Romy höchst seltsam vor, sie sagte aber nichts.

Andis Zeigefinger deutete zum hinteren Teil des Hauses. »In meiner Praxis. Dann kommen Sie beide bitte mal mit.«

Romy und Maria Evita sahen den drei nach, wie sie aus der Küche verschwanden. Keine von beiden konnte mit dem Auftritt von Larissa und Lui Vermehr etwas anfangen. Mit einem großen Fragezeichen auf der Stirn sah Romy zu Maria Evita auf, die ihren Gesichtsausdruck mit einem Schulterzucken beantwortete. Sie wollte gerade wieder etwas sagen, als auf dem Gang das Festnetztelefon klingelte.

IX. VON UNERMESS'NEM WERT

»Eins Komma zwei Promille und es is no ned amal Mittag. Ts, ts, ts ... Wo waren Sie denn beim Frühschoppen?« Seppi Meyerling hielt zuerst Fräulein Schosi das Alkoholmessgerät entgegen, bevor er Schinke einen Blick auf das Display werfen ließ.

»Ich war gar nicht beim Frühschoppen. Ich bin in einer emotionalen Ausnahmesituation«, keifte Fräulein Schosi.

Nun wurde Seppi Meyerling ernst. »Wenn Sie jetzt scho wieder mit dem Tod des Tierarztes kommen, dann langt's ... Wir alle haben schon liebe Menschen im Bekanntenkreis verloren, aber des is noch lange kein Grund, an zwei aufeinanderfolgenden Tagen hinterm Steuer Platz zu nehmen und sich dann in einer Polizeikontrolle dermaßen aufzuführen, noch dazu in ihrer emotionalen Ausnahmesituation, wie Sie selber sagen. Ham S' mich?«

»Jetzt hören S' mia mal zu ...« Inzwischen hatte Fräulein Schosi einen bösen Unterton in der Stimme, der den meisten Altöttingern sofort signalisiert hätte: Stopp, die Alte ist kurz vor der Kernschmelze. Hau ab! Sonst überlebst du diese Situation nicht. Nicht so

Seppi Meyerling, denn der hatte nun genug von Fräulein Schosis Faxen.

»Nein, jetzt hören Sie mir mal zu«, sagte er. »Sie geben mir jetzt augenblicklich Ihren Führerschein, dann fahren wir in unserem Dienstwagen zur Polizeistation und dann ist der Lappen erst einmal weg.«

»Aber …« Fräulein Schosi startete einen neuen Versuch zu widersprechen.

»Nix aber! Wir sind hier ned im Kindergarten. Und jetzt is ein für alle Mal Ruhe im Karton!«

Fräulein Schosis Augen verengten sich zu schmalen Schlitzen, und sie begann, ihre Jackentaschen abzuklopfen. Weder rechts noch links wurde sie fündig, deshalb stampfte sie hocherhobenen Hauptes um ihren Wagen herum, öffnete die Beifahrertüre und zog ihre Handtasche heraus, die sie im Fußraum abgestellt hatte. Ohne Meyerling aus den Augen zu lassen und ihm dabei weitere tötende Blicke zuzuwerfen, durchforstete sie diese. Je länger es dauerte, umso unsicherer wurde sie dabei. Ihre Hände begannen zu zittern. »Ich find mein Portemonnaie ned.«

»San Sie etwa ohne Führerschein unterwegs?«

»So a Schmarrn, den hab i immer dabei. Herrschaftszeiten no amal!« Inzwischen klang Fräulein Schosi nicht mehr wütend, sondern verzweifelt. »Des derf doch ned wahr sein. Ich werd doch ned …« Kurzerhand kippte sie den gesamten Inhalt auf ihrer Motorhaube aus. Nirgends konnte sie ihren Geldbeutel mit Ausweis und Führerschein entdecken, aber eine halb volle Flasche Pfefferminzlikör kam zum Vorschein, die augenblicklich vom Auto rollte und im Straßengraben liegen blieb. Schnaubend wie ein Pferd wandte sie sich erneut an Meyerling. »Derf i kurz telefonieren? Ich hab mein Zeug, glaub ich, grad bei den Spöglers verloren.«

Der junge Schinke hatte alles genau beobachtet, bückte sich neben dem Wagen und griff nach der Flasche mit dem Alkohol. »Soll ma des vorsichtshalber konfiszieren?«

»Besser is«, sagte Meyerling.

*

Maria Evita griff zum Hörer. »Hier bei Spöglers.«

»Schwester, hier ist die Fräulein Schosi«, kam aus dem Apparat. Maria Evita ging zur Küchentüre und sah zum Tisch hinüber. Pantomimisch formte sie die Worte »Fräulein Schosi« und Romy verdrehte die Augen.

»Sie müssen mir helfen, Schwester. Ich hab meinen Geldbeutel verloren. Der muss mir aus der Tasche gerutscht sein, als ich den Bauerngarten aufgeräumt habe. Da is mei Führerschein und alles drin. Bitte suchen S' des Gartl mal ab. I bin hier in einer Verkehrskontrolle und brauch mei Zeug. Kannt'n S' bitt schön schnell rausschauen, ob da irgendwo mein Geldbeutel rumliegt?«

Maria Evitas Puls schnellte nach oben. Fräulein Schosi in einer Verkehrskontrolle und das nach mehreren Schlucken Pfefferminzlikör? Das roch nach gewaltigem Ärger. Wie amüsant! Mitleid empfand sie nicht, was ihr gerade zwar etwas unchristlich erschien, aber sie sich als zutiefst menschliche Regung zugestand. »Soll ich dem Monsignore Bescheid geben?«

»Naa, des mach i scho alleine. Kreiz, Birnbaum und Hollerstauan!«

Maria Evita verabschiedete Fräulein Schosi nun mit ein paar kurzen Sätzen, legte auf und unterrichtete Romy vom Inhalt des Gesprächs.

»Aha, dann ist sie wohl jetzt erst mal für einige Zeit Fußgängerin.« Romy hob theatralisch ihre Hände zur Decke. »Welch Glück für den Altöttinger Stadtverkehr.« Sie blickte hinaus auf den Hof und dann wieder zu Maria Evita. »Vevi, könntest du die Fotoalben wieder aus dem Müll holen? Ich bin überzeugt, dass das Ganze nur eine Kurzschlussreaktion ist und es Andi bald furchtbar leidtun wird, wenn er keine Erinnerungsbilder mehr an seinen Vater hat.«

Das leuchtete Maria Evita ein und bevor sie den Bauerngarten nach Fräulein Schosis Sachen durchforstete, holte sie die Fotoalben aus den Mülltonnen und stapelte diese für Romy auf dem Küchentisch.

Es waren insgesamt vier Alben und drei Bilderrahmen, die bis gestern noch in Hias' Zimmer gestanden waren. Romy war überrascht, dass ihr Mann wirklich alle Fotos vernichten wollte und nicht ein einziges Album zurückbehalten hatte.

*

Der ganze Rasen war übersät mit Fuß- und Stativabdrücken der Spurensicherung von letzter Nacht. Es sah aus, als ob eine ganze Schar Kinder das Gras beim Fußballspielen umgepflügt hätte.

Der Himmel des Spätvormittags war weiß. Ein undurchdringlicher Hochnebel hatte vom östlichen Bayern Besitz ergriffen und ließ alles in einem morbiden Licht erscheinen. Ein leichter Wind zog um das Haus, und Maria Evita fröstelte. Sie vergrub ihre Hände in den Taschen ihres Habits, als sie durch den Garten schritt.

Fräulein Schosi hatte die Strauchabschnitte an der Seite des hölzernen Zauns abgelegt, bevor sie von Andi in ihrem Tun unterbrochen worden war und fluchtartig das Spögler'sche Anwesen verlassen hatte. Innerhalb des kleinen verwilderten Bauerngartens hatte sich durch ihre Arbeit schon einiges gelichtet, es war aber trotzdem noch weit von einer erkennbaren Ordnung entfernt. Maria Evita sah zwei aufgehäufte Beete, die sie an Grabhügel erinnerten und von denen das eine komplett mit Gras und Moos überwuchert war, während das andere ab der Hälfte einen Blick auf die dunkle schwarze Erde zuließ. Der Humus war an manchen Stellen aufgewühlt, was nicht besonders lange her sein konnte, da noch nichts Neues darauf gewachsen war. Maria Evita seufzte. Die Hoffnung, schnell fündig zu werden, schwand beim Anblick dieser Wildnis. Ihre Augen suchten das Gras ab. Schritt für Schritt arbeitete sie sich bis zum Gatter und dann weiter Meter für Meter in den kleinen Bauerngarten vor. Nichts! Plötzlich stutzte sie. Vor ihr lag tatsächlich Fräulein Schosis Geldbeutel. Aber was war denn das daneben? Zwischen dem schwarzen Erdreich des aufgewühlten Beetes entdeckte sie ein längliches braunes Etwas, was aber kein Ast sein konnte. Dafür war es zu glatt und die Farbe ging auch mehr ins Graue, als sie das von Bäumen und Sträuchern gewohnt war. Es erinnerte sie, um ehrlich zu sein, an einen Knochen. Maria Evita bückte sich nach dem Portemonnaie und dann ein weiteres Mal zu diesem undefinierbaren Etwas. Mit Daumen und Zeigefinger griff sie nach dem Ding, das ihre Aufmerksamkeit erregt hatte.

»Heilige Maria Mutter Gottes!«

Sie stolperte vor Entsetzen, konnte sich gerade noch fangen und sank in das feuchte Gras. Es war tatsächlich ein menschlicher Knochen, der zu einer skelettierten Hand gehörte. Ihr Körper begann zu zittern. Diese Situation fühlte sich nicht real an. So etwas passierte doch sonst nur im Fernsehen und nicht in einem Bauerngarten in ihrer Umgebung. Hinter ihrer Stirn tobten verschiedene Bilder von Leichen, Knochen und Gräbern, und ihre Lieblingsband lieferte dazu den passenden Soundtrack. »That night Barry died, when he got out the van ... bam bam bam.« Ihr Herzschlag war so laut wie der Drummer in ihrem Kopf. Was war das für ein Skelett? Wer war hier verscharrt worden? Unter den lockeren Stellen des Erdreichs erkannte sie weitere Knochen. Maria Evita überwand ihren Ekel und begann zu graben, denn es ließ ihr keine Ruhe mehr. War es wirklich keine Täuschung? Sie hielt die Luft an, denn zwischen ihren Fingern erschien ein menschlicher Schädel. Haare waren noch zu erkennen, ebenso Teile der Kleidung. Der Tote trug einen blauen Anorak. Die dunkle Erde, die in dieser Gegend von einem alten Moor stammte, hatte nicht alles verwesen lassen. Was ihr allerdings noch mehr zu denken gab: Der Schädel wies ein Einschussloch auf. Ach du meine Sch…

*

Als Maria Evita in die Küche zu Romy zurückkehrte, saß diese versteinert auf ihrem Stuhl. Ihre rechte Hand hielt ein Din-A4-Blatt umklammert und sie presste so fest zu, dass sich die Adern auf ihrem Handrücken abzeichneten. »The probability of paternity is 99,9998 %«, sagte sie, als Maria Evita vor ihr stand.

»Was?«, keuchte diese, denn mit Romys Satz konnte sie absolut nichts anfangen.

»Das habe ich eben zwischen den weggeworfenen Alben gefunden. ›The probability of paternity is 99,9998 %‹«, formte sie erneut eindringlich jedes einzelne Wort. Sie sprach ungewohnt langsam, was sie sehr fassungslos wirken ließ.

»Was willst du mir damit sagen? Bei euch im Garten …«, sprudelte es aus Maria Evita heraus.

Romy beachtete sie nicht. »Das ist ein Vaterschaftstest einer britischen Firma, die sich Gene4you nennt, und das Datum des Briefes ist von letzter Woche.«

Just in diesem Moment betrat Andi mit den Vermehrs die Küche. »Unsere Familie ist etwas größer als bisher gedacht«, sagte er und lachte, was aber nicht heiter, sondern verzweifelt klang. »Anscheinend ist Lui Vermehr mein Bruder.«

Romy hielt ihm den Vaterschaftstest entgegen. »Was ist das?«

Andi wurde bleich. »Woher hast du das?«

»Aus der Mülltonne«, sagte sie.

Seine Hand schnappte nach der Seite. »Und da hätte das Ganze auch verdammt noch mal bleiben sollen.« In Sekundenschnelle zerriss Andi das Papier und warf die Fetzen in die Luft.

»Wer hat diesen Vaterschaftstest in Auftrag gegeben? Du oder Hias? Und um wen geht es dabei?«, fragte Romy mit zitternder Stimme, während Larissa Vermehr aufhorchte.

»Hat das mit Lui zu tun? Hatte Hias etwa Zweifel, dass er nicht Luis Vater sein könnte?« Larissa griff nach Andis Schulter.

Dieser riss sich los. »Das hat überhaupt nichts mit Ihnen und Ihrer Familie zu tun.« Schweißperlen zeichneten sich auf seiner Stirn ab.

»Dann ist das also von dir?« Romys Augen füllten sich mit Tränen. »Warum hast du mir nichts davon gesagt, dass du mit einer anderen Frau …«

Andi wischte sich über die Stirn. »Es gibt keine andere Frau in meinem Leben.«

»Sag mir wenigstens jetzt die Wahrheit«, schluchzte Romy.

Andi ging auf die Knie und legte seinen Kopf auf Romys gesundes Bein. »Bitte glaub mir, Schatz, es gibt weder eine andere Frau noch ein Kind. Bitte, bitte vertrau mir.«

Seine Frau schluckte. »Was hat das dann zu bedeuten? Was verheimlichst du vor mir? Wer ist hier mit an Sicherheit grenzender Wahrscheinlichkeit der Vater von wem?« Eine Stille breitete sich in der Küche aus, denn keiner wagte in diesem Moment etwas zu sagen. Tatsächlich hätte man eine Stecknadel fallen hören können.

»In diesem kleinen Bauerngarten ist ein menschliches Skelett verscharrt worden«, unterbrach Maria Evita das Schweigen und alle Blicke richteten sich auf sie.

»Was?«, entfuhr es Romy, deren Gesichtsfarbe sich nun immer mehr dem Weiß der Wand hinter ihr angenähert hatte.

Larissa Vermehr nahm ihren Sohn in die Arme. »Rufen Sie sofort die Polizei.« Lui blinzelte ungläubig seine Mutter an. Ihn schien die gesamte Situation zu überfordern. »Mama, ich komme mir vor wie in einer Klinik für Schwachmaten.«

Während er das aussprach, glitt Andi an Romys Bein zu Boden und drehte sich auf den Rücken. »Das ist meine Mama«, sagte er leise, den Blick zur Decke gerichtet.

Maria Evita zuckte zusammen. War das jetzt die Wahrheit oder hatte Andi seinen Verstand endgültig verloren?

»Wovon redest du?« Romy versuchte seine Aufmerksamkeit zu erlangen, doch die Augen ihres Mannes sahen stoisch geradeaus und schenkten ihr keine Beachtung. Plötzlich setzte er sich ruckartig auf, stützte sich am Boden ab und stand auf. Andi nahm Romys Gesicht in beide Hände, um ihre Stirn zu küssen. »Verzeih mir, Schatz!« Zeitlupenartig streichelte er zweimal über ihre Wange, drehte sich dann um und verließ unerwartet schnell das Zimmer.

Seine Frau griff zu ihren Krücken, um aufzustehen. »Wo willst du hin?«

Doch Andi gab keine Antwort. Die Anwesenden hörten nur mehr die Haustüre ins Schloss fallen.

»Vevi, lauf ihm nach. Ich hab Angst, dass er jetzt was Dummes anstellt.«

Maria Evita beeilte sich, das Haus zu verlassen, während Romy an Larissa und Lui vorbeihinkte. Auf dem Gang angekommen, griff sie zu ihrem Telefon und wählte die Nummer der Polizei. Sie hatte Angst, von diesem Strudel unerwarteter Ereignisse, der ihr ganzes Leben erfasst hatte, nach unten gerissen zu werden.

*

Als Maria Evita auf den Hof trat, sah sie Andi seitlich in seiner Praxis verschwinden. Er schlug die Türe hinter sich zu, die allerdings von seiner Heftigkeit wieder aufsprang und einen Spaltbreit offen blieb. Mit ein paar großen Schritten erreichte sie den Eingang und betrat die Praxis. Sie stand im Empfangsbereich mit Anmeldungstresen, von dem zwei geschlossene Türen abgingen. Ohne lange zu überlegen, ging sie auf die linke zu und drückte die Klinke nach unten. Es war abgeschlossen. Sie versuchte ihr Glück bei der anderen, die zu ihrer Überraschung aufging. Dahinter befand sich ein hoher Behandlungsraum mit einem großen Tor, das durch die Stirnseite des Hauses auf den Teil zwischen Hof und Garten hinausführte. Niemand war in diesem Raum. Andi musste sich also im anderen eingeschlossen haben. Maria Evita ging zurück und klopfte. »Andi, bist du da drin?«

Dumpfe Geräusche, als würde jemand Stühle rücken oder über den Boden schleifen, drangen heraus. Auf eine Antwort von Andi wartete sie vergebens. Also versuchte sie es wieder. Diesmal allerdings lauter: »Andi, bist du da drinnen?«

»Ja«, hörte sie Andis Stimme, die durch die verschlossene Türe gedämpft wurde.

»Bitte mach auf.«

»Hau ab!«

»Andi, bitte sag mir, was das alles zu bedeuten hat.«

»Hau ab! Schleich dich«, schrie Andi mit sich überschlagender Stimme.

Maria Evita lehnte ihren Kopf an die Türe. »Warum ist das Skelett, das ich im Bauerngarten entdeckt habe, deine Mutter? Wie soll das gehen?«

Eine ganze Weile hörte sie nichts, dann plötzlich vernahm sie Andis Antwort. »Wegen des Vaterschaftstests. Und jetzt lass mich endlich in Ruhe.«

»Ich verstehe kein Wort. Wie? Wegen des Vaterschaftstests?«

Andis Worte klangen angestrengt. »Das ist überhaupt kein Vaterschaftstest. Es geht um meine Mutter. Wenn man Material von einem Sohn und einer Mutter einsendet muss die Untersuchung zum selben Ergebnis kommen wie bei einem Vater und seinen Kindern.«

Das alles ergab für Maria Evita keinen Sinn. »Von welchem Sohn sprichst du?«

»Ja, von mir.«

Nun machte es Klick und sie begann, die Lösung des Falles zu begreifen. »Du hast von dieser englischen Firma Teile des Skeletts genetisch mit DNA von dir abgleichen lassen?«

»Ja. Deshalb weiß ich, dass es sich sicher um meine Mama handelt. Als ich die Leiche zufälligerweise beim Aufräumen in unserem Bauerngarten entdeckt habe, ist plötzlich alles wieder präsent gewesen, und alles hat auf einmal Sinn gemacht. Jedes verdammte Puzzleteil.«

Es folgte wieder eine längere Pause, sodass Maria Evita Angst bekam, ob Andi sich in der Zwischenzeit etwas angetan hatte. »Komm, mach mir bitte auf.«

»Nein.« Gott sei Dank, hatte Andi auf sie reagiert.

Sie wollte das Gespräch unbedingt am Laufen halten, bis die Polizei eintraf. »Verrätst du mir dann, was für dich plötzlich Sinn gemacht hat?«

»Ich war damals drei. Meine Eltern hatten wieder gestritten. Ich erinnere mich an die Nacht und dass Papa mich allein im Haus zurückgelassen hat, obwohl draußen ein Gewitter tobte. Er hat im Garten herumhantiert und am nächsten Tag war die Mama nicht mehr da und kurze Zeit später war er dann mit seiner Sprechstundenhilfe verheiratet. Uns alle hat er glauben lassen, dass meine Mutter einfach abgehauen ist und uns im Stich gelassen hat, aber dem ist nicht so. Er hat sie ermordet. Dafür habe ich ihn nun bezahlen lassen. Niemand durfte den Bauerngarten betreten, solange er lebte, oder dort etwas verändern. Das Gestrüpp würde ihn so an Mama erinnern, hat er immer gesagt. Jetzt weiß ich auch, warum.«

»Du hast ihn umgebracht?«

»Papa hat es nicht anders verdient! Genau wie er es mit Mama gemacht hat, so habe ich ihn jetzt verschwinden lassen. Mein ganzes Leben ist echt beschissen gewesen, und das nur, weil er, egoistisch wie er gewesen ist, eine andere Frau heiraten wollte. Ich kann nicht fassen, dass ich das so lange verdrängt habe. Papa hätte sich ja auch scheiden lassen können, aber er hat eine andere Lösung gefunden. Dieses Schwein!«

»Woher weißt du das?«

»Ich habe den Bolzen im Inneren ihres Schädels gefunden.«

Vom Eingang kamen Schritte und dieses charakteristische Geräusch der Krücken. Einen kurzen Augenblick später betraten Romy, Larissa und Lui die Praxis, dicht gefolgt von Max Kramer und Fritz Fäustl.

Maria Evita presste ihren Finger auf die Lippen, um den Neuankömmlingen zu verstehen zu geben, dass sie sich möglichst ruhig verhalten sollten. Sie begriffen und die Gruppe näherte sich vorsichtig.

»Dann hast du ihn am Brauereigasthof abgepasst.«

»Ja. Mir hat der Zufall geholfen. Ich wusste ja, warum er das Gerät einstecken hatte und dass alle an dem Abend ihre Fingerabdrücke darauf platzieren würden. Ich habe Handschuhe getragen. Blöd bin ich ja nicht.«

»Und das mit den Menharts? Das mit dem Pflasterstein warst doch du?«, fragte Fritz Fäustl.

Andi verstummte drinnen.

Entgeistert sah Max seinen Kollegen an. Warum musste er sich plötzlich bemerkbar machen? Alle warteten gebannt auf eine Reaktion. Niemand traute sich zu bewegen. Plötzlich räusperte sich Andi hinter der Tür und sagte: »Weil auch die Menharts nach all den Jahren eine gerechte Strafe verdienen. Wir haben genug unter ihren haltlosen Anschuldigungen gelitten. Und jetzt verschwindet!«

Max bedeutete den Umstehenden, von der Tür wegzugehen. In einem Meter Entfernung postierte er sich, hob sein Bein und trat knapp über der Klinke so fest dagegen, dass die hölzerne Türzarge splitterte. Der Eingang war offen. Drinnen sahen sie Andi auf einem Stuhl an einer hohen Heizung stehen, in Händen hielt er ein Seil. Jedem von ihnen war umgehend klar, dass er sich erhängen wollte. Fäustl stürzte auf Andi Spögler und fiel mit ihm auf den Boden. Währenddessen griff Max zu seinen Handschellen, um sie um Andis Handgelenke zu legen und zuschnappen zu lassen. »Ach, Andi«, sagte er. »Warum machst'n a so an Scheiß?«

X. JESU HERRLICHKEIT

Inzwischen waren auch der Spusi-Toni und die Kollegen aus Altötting vor Ort, die Andi Spögler abtransportieren sollten. Larissa Vermehr hatte Romy ins Auto gepackt und sie davon überzeugt, dass es gerade keinen Sinn machte, alleine in diesem Haus zu bleiben. Die Spurensicherung würde bald alles auf den Kopf stellen.

Maria Evita hatte eingewilligt, sich von Max nach Altötting fahren zu lassen.

»Hättest du das alles für möglich gehalten?«, fragte sie, als er den Zündschlüssel umdrehte.

»Schwierig zu sagen, denn als Kriminaler sollte ich grundsätzlich immer alles für möglich halten.«

»Andi tut mir leid!«

»Mir auch und Romy noch mehr. Soll ich dich zum Kloster fahren, damit du wieder in Jesu Herrlichkeit versinken kannst?«

»Lieber zu meiner Tante. Und bitte sprich nicht so abfällig von meinem Glauben.«

»Ist es möglich, dass du gar nicht mehr zu deinen Mitschwestern zurückkehrst?«, fragte Max und lächelte sie aufmunternd an.

»Als Kriminaler solltest du immer alles für möglich halten«, antwortete Maria Evita und erwiderte Max' Lächeln.

MEIN AUFRICHTIGER DANK GEHT AN:

meinen Lektor Sven Lang und den Gmeiner-Verlag

Dr. Patrick Baumgärtel von der Schoneburg Literaturagentur

Sepp Maier für seine kriminalistische Beratung, die mir wieder enorm geholfen hat

Jutta Weißl und der Tierarztpraxis Thurmading, die zusammen meine Wissenslücken füllten.

die unbekannte Dame des Landratsamtes AÖ, die mir die Rechtslage zu Schlachtschussapparaten am Telefon erklärte.

Mary und Viki, auf deren australischer Veranda ich schreiben und überlegen durfte

Bernhard Staudt und seine Familie, die mir ein Schreibexil auf einem der schönsten Höfe Bayerns ermöglicht haben meinen Freundeskreis, ohne den ich vollkommen inspirationslos wäre ☺

meine Eltern, Bruder und Tante Traudl

Stefan S., der mir gleich zu Beginn ordentliches Feedback gegeben hat, inzwischen Doktor der Germanistik ist und dem ich an dieser Stelle herzlich gratulieren möchte.

ganz Altötting, selbstverständlich!

Jürgen Ahrens
Tegernsee-Connection
Kriminalroman
250 Seiten; 12 x 20 cm
Paperback
ISBN 978-3-8392-2762-6
€ 13,00 [D] / € 13,40 [A]

Spezlwirtschaft, Intrigen und Verbrechen bis zum
Mord: Hinter der Fassade der feinen Gesellschaft
am Tegernsee verbergen sich bisweilen finsterste
menschliche Abgründe. Das erfährt auch Kommissar
Markus Kling, als er es bei seinem ersten Fall mit
einer Schmiergeldaffäre zu tun hat und ein Luxus-
hotel bis auf die Grundmauern niederbrennt. Im
Zentrum der Ermittlungen steht ein Feuerteufel, der
seine Umgebung in Angst und Schrecken versetzt –
erst recht, als er bei seinen Taten über Leichen geht.

GMEINER SPANNUNG

WWW.GMEINER-VERLAG.DE
Wir machen's spannend

DIE NEUEN Lieblings- plätze

GMEINER KULTUR

WWW.GMEINER-VERLAG.DE
Mensch, Kultur, Region